末日時在做什麼？異傳
Do you have what THE END?
Episode:Braves
黎拉·亞斯普萊
1
枯野 瑛
Akira Kareno
illustration ue
Kadokawa Fantastic Novels

末日時在做什麼？異傳

Do you have what THE END?

Episode:Braves

黎拉・亞斯普萊

contents

「弱者英勇奮戰」

-their inferiority complexes-

有一種俗稱卑獸（Vulgar）的生物。

這是在野生動物之中突然發生變異的異常種，遠比原生父母更凶暴殘忍，會將村莊連同周邊自然環境破壞殆盡。因此，許多國家都將其列為優先討伐目標。

順帶一提，卑獸在自然出現的怪物（Monstrous）中屬於高危險群。即使冒險者公會（Guild）發出討伐卑獸的委託，也沒那麼容易就找到適任者。

眼前正有一頭變成卑獸的熊死在這裡，屍體上有幾處刀傷和無數斬擊痕。具體來說，鼻頭、喉嚨、右上臂、左手腕和心窩各有一道傷口，這些傷口都不是一擊造成的，而是經過十次以上的精準斬擊才得以鑿開皮肉。

只要看到這些，就能清楚明白這頭卑獸的死亡過程——有人獨自和牠進行了一番纏鬥。一個無法一擊解決巨獸的弱小戰士昂然應戰，精確地瞄準弱點，不斷削弱敵人的力量，反覆施展不太有效的攻擊，然後獲勝了。

這種本領並不一般，但也不到超乎常識的程度。最值得讚賞的地方在於以常人之力對抗卑獸的膽量，以及奮戰到最後一刻的毅力。
「——唔！」
少女連忙環顧周遭。
她不覺得這是真的。
她希望這不是真的。
少女內心有個臆測的對象。或者應該說，這世上只有一個人會做出如此愚蠢的事情。
「喲……」
一道呻吟般的細微嗓音傳來。
少女立刻循聲看過去。只見不遠處的小山崖下，有個小小的黑色人影蹲伏在那裡。
「抱歉啦，黎拉……妳的獵物被我搶走了……」
那是一名黑髮少年，身穿消光的黑色皮鎧，年紀僅十歲出頭，亦即和這位少女——黎拉差不多大。他背靠著崖壁，右手握著滿是鮮血的細劍，就這樣不斷喘著粗氣。
他並非毫髮無傷。儘管撕裂傷不多，但身上有大小無數的挫傷。之所以沒有致命傷，大概是運氣好的緣故，因為只要出一個差錯，每一處傷都足以讓他喪命。
「……你在做什麼？」

她問道。

少年把破損不堪的廉價武器扔掉，撐起一絲無力的笑容。

「看就知道了吧。」

「我就是不知道才問的。」

「……這個嘛，其實我也不是很清楚。」

傳出目擊到卑獸的情報後，城鎮的居民採取了恰當的應對措施。他們透過城裡的冒險者公會向公會聯盟（Alliance）招募戰力，並且鞏固城市防衛。後來過沒多久，他們決定派出一名實力遠勝任何冒險者（Adventurer）的人物前去討伐卑獸。換句話說，放任這頭卑獸在外也不會造成太大的傷亡，很快就會遭到消滅。

少女察覺到另一人的氣息。

在少年的背後，有個年紀更小的男孩子正緊抓著那黑色的背部顫抖，而周圍散落著一些煎煮後服用就可以退燒的藥草。

（——原來如此。）

少女明白過來了。

她能想像到那個小孩子也許有家人發燒，但家裡的草藥已經用完，而且還有卑獸出沒，大人們誰也不願上山採藥，所以他自作主張跑到這裡來；而那個黑衣少年發現這件事後，也逕行追了過來。卑獸很危險，不是一般冒險者應付得來的對手，在專家消滅掉卑獸之前都不應該接近牠的棲息範圍——兩個小孩聽不進這種大人的理由，才會如此亂來。

當然，這只是單憑現場的情況所作出的推測，但她可以肯定與事實相去不遠。畢竟他就是這種人，無論何時何地都不會改變。

「你啊……」

「我知道啦，妳想問為什麼不等到正規勇者(Legal brave)大人來對吧？」

說完，少年扭過身去——表情有一瞬間因劇痛而抽動了一下——然後將手放在小男孩的頭上，就這樣揉起他的頭髮。

「沒什麼好說的。就是一個人草率應戰，最後落得這副德性……唉，可惡！為什麼我會弱成這樣啊？」

從外人的角度來看，他這是擅自私鬥。這種行為不僅讓派遣正規勇者的教會顏面無光，萬一別人說他只是想搶功勞才把自己搞得滿身是傷的話，他也無從反駁。總之就像他所說的，這是一場愚蠢的戰鬥。

——唉，真是的，這傢伙總是這樣。

黎拉臉頰上的淺淺弧度僵著。

一如既往地什麼都不明白。

不明白自己做了什麼，不明白自己達成了什麼。

即便是身為「大陸最頂尖戰力」的正規勇者，也無法保護到伸手不能及之處。就算阻止災害最終擴及城市，達成綜觀來說最為重要的目的，卻很容易在小事上顧此失彼。換句話說，要是他沒有來這裡對付卑獸，那個小男孩必死無疑。

因此，純粹就結果而言——

正規勇者保護不了的對象，他保護住了。

她整理好這些翻湧而上的情感，關進內心深處的小盒子裡。

敬意、嫉妒……以及些許好感等。

她擺出表情。

這是她一貫的表情。這個少年的師妹，既壞心眼又任性高傲的少女——當代正規勇者黎拉·亞斯普萊特有的惹人嫌表情。

「你呢，就保護你所能保護的對象就夠了。至於你保護不到的，就交給我吧。」

「……我才不服。」

他的語氣相當不悅。

「……我說你這個人啊。」

「嗯？」

「真的活得很遜耶。」

「唔。」少年看似難受地倒吸一口氣，沉默了下來。

看到他的表情後，黎拉微微一笑。

「於陽光璀璨的這個世界」
-beautiful world-

1. 第二十代正規勇者與世界性危機

放眼這個世界，人類這支種族顯得弱小不堪。

他們與居住於大地上的大多數生物敵對，卻又缺乏戰鬥能力。一般人類即使手握武器也敵不過區區一隻野狼，而人數和團結所得到的力量也遠不及豚頭族等種族。無論是以智慧、技術還是奧祕作為標準來看，都必定存在著他們望塵莫及的對手。

儘管如此，就事實而言，人類目前正掌控著這片大地的大半區域。

原因有好幾個，其中之一便是名為「勇者（Brave）」的組織。

勇者——若要概略地描述這個名詞的原本定義，那便是展現出勇氣（Bravery）的人。換句話說，就是達成讓一般人敬畏的壯舉，或者是展現出欲達成壯舉的態度的人們。

比如說，決心對抗大軍的將軍、計畫討伐昏君的刺客、打算在冬天海潮洶湧時出航的船員、與食人巨熊一起生活的森人，還有試圖向怎麼想都不般配的美女求婚的樸素男子。

然而，這裡說的勇者含義不太一樣。

正規勇者與準勇者——他們是經過讚光教會認證的一種聖人，身懷守護人類的使命，背負對抗人類勁敵的宿命，是能夠發揮出超越人類智慧的力量的超人。他們身而為人卻擁有絕大戰力，尤其是被任命為正規勇者的人們，無論對手是龍族（Dragon）還是古靈族（Elf），他們都能將其掃蕩消滅。

他們是為了對抗壓倒性的威脅而存在的壓倒性的希望。

亦是與弱小普通人絕緣的雲上戰役之演出者。

例如祕笈的繼承人和亡國的貴族私生子等，從這些儼然是英雄傳主角的人們中進行選拔。他們具備（與故事相應的）說服力，看起來實力強悍，能夠為了正義挺身應戰並獲得勝利。而他們確實也擊敗強敵保護了人們，如同英雄傳那般持續大放異彩。

†

菲許提勒斯山脈東南部。在寸步難行的險峻岩山持續往前走，就會看到一座占地規模不亞於小型城市的古老廢棄神殿。

「抱歉了，先人們，還有古時的神明大人！」

少女一邊道歉，一邊往巨大神像的顏面蹬了一腳，高高躍起。在日益風化朽壞的神像頭部，一塊大小連壯漢也環抱不住的石塊承受不起衝擊，碎成無數石粒四散紛飛。

她多次蹬踩壁面來調整高度和速度，然後斬下一隻大蝙蝠的腦袋，猛踏其背部飛上半空中，在天花板**著地**後，瞄準下一個獵物再次跳起來。

如同血液流過全身活化肌肉力量的魔力，以及讓體重彷彿無限趨近於零的地鍊系體術，這兩種技能都必須跨越人類極限才施展得出來。若是進一步將精妙的兩種技能結合在一起，便能發揮出這種幾乎無視重力的機動性。

並且足以與人類無法抗衡的怪物一戰。

（——話是這麼說，但敵方數量太多的話，還是會很吃力啊。）

劍這種武器，終歸只是一把劍。

即使具備不容對方防禦的速度和技巧、能夠一擊殺敵的威力和精準度，一次攻擊也只能打倒一個敵人。要殲滅上百隻大蝙蝠的話，還是必須使出上百次的斬擊。

她花了將近二十秒。

體型大到可以輕易捕食成人的蝙蝠、壯碩到容易錯看成牛的狼，以及乍看之下不似前兩者危險，但絕對有蹊蹺的大型犬大小的鼠群。這些全都是非比尋常的怪物，隨便一種出現在村莊附近都不是一般冒險者解決得了的對手，很有可能會造成大量傷亡。

她將牠們盡數斬殺，悄無聲息地降落在石造迴廊上。

不知出於何種原理，這些蝙蝠和狼似乎是不會留下殘骸的怪物。牠們遭到斬擊之後，猶如掉進水裡的方糖一般化開，就這樣溶解消失了。

「怎麼……可能……」

她聽到一道呆愣的驚愕聲。

循著聲音看過去，她便看到了聲音的主人。對方身穿稍嫌過時的貴族風裝束，儘管外貌開始走入老年，卻也長得算是英俊。此外，他擁有一雙搶眼到足以掩蓋上述形象的充血緋色眼球。

他不是人類。

而是吸血鬼（Vampiric）。

那是從人類之中誕生的怪物，即便在俗稱鬼族（Ogre）的種族內，吸血鬼也被視為格外危險的怪物。

這世上有許多描述吸血鬼有多可怕的傳說，像是經由直接汙染魂魄來增加族人，或是將自身影子分割成無數害獸等。然而最可怕的，是沒有留下任何可以判別這些傳說虛實的討伐紀錄，無人能夠正確評估其威脅程度。

「不可能。不可能不可能不可能！絕不可能有此等事情！」

他用所有手指抵著太陽穴用力撓抓，力勁大得彷彿就要抓破且出血。

「妳知道自己剛才斬擊的東西是什麼嗎！」

「……你問我，我也不知道啊。」

黎拉隨口答道，同時揮動手中大劍破空斬下。伴隨「砰」的一聲巨響，黏在劍身的黑色水滴狀物體像血液似的往四周飛濺。

「感覺是碰一下就會生病的怪物？」

「不錯！」

她一臉不耐煩地隨便丟出一個回答，沒想到歪打正著，讓她有點吃驚。

「它們是病魔。雖然模仿害獸的樣貌，但本質並不相同。觸碰自不必說，哪怕只是將劍刃砍進它們的肉體，人的身體就會遭到詛咒侵蝕。詛咒會讓皮肉腐爛萎縮，五臟六腑化成腐汁，就這樣把人殺死啊！」

「哇，聽起來真可怕。」

她輕輕甩了甩手，像是要甩掉髒東西。當然，她並沒有甩掉什麼東西，只是對吸血鬼造成了挑釁而已。

「妳把它們！把如此大量的病魔擊潰！所有詛咒都撲到妳身上了啊！」

儘管他筋骨嶙峋的手指顫抖著，依然筆直地指向黎拉。

「為什麼妳還能好端端地活下來啊，妳這個人類小孩！」

「……我沒有『好端端』的啊。身體還是有點累，腦袋也很沉重，而且劍都被弄得髒兮兮的。」

黎拉說著，視線移向手中大劍的劍身。只見本應閃耀著青白色金屬光澤的劍身，現在卻像是塗滿了油泥似的，被染成不均勻的黃褐色。

「不可能有這種事！那可是為了摧毀人類的國家、為了殺盡成千上萬的人而存在的病魔！妳憑一己之身承受所有病魔的詛咒，為何還能活下來……」

摧毀國家。

那可會是一場浩劫。若吸血鬼能夠招來這種災難，也難怪會被稱為最可怕的鬼族了。

話雖如此，暫且不談這個。

「不正是因為病魔的**程度**只夠摧毀人類的國家嗎？」

「……妳說……什麼？」

「就是說，**如果想憑蠻力擊敗守護全人類的存在，那就必須集結足以將全人類徹底擊潰的病魔才行。**」

吸血鬼瞪大眼眸。

「妳、妳簡直是……滿口胡言……」

「嗯，常有人這麼說。」

她承認得很乾脆。

這並非謊言。她早已習慣別人當她在胡說八道，而實際上，她自己也經常覺得這種事情很沒道理。

但是，不管別人怎麼想，現實就是現實，正規勇者就是正規勇者。

「我才不會認同如此蠻橫的事情！」

隨著一道聲嘶力竭的吼叫，吸血鬼展開了突擊。

「我想也是——」

她能夠予以理解，但無法表示贊同和同情。她自己正是蠻橫的那一方，沒有那樣的權利。她所能做的事情只有一件。

「——所以，你就到此為止了。」

她舉起大劍。

那把遭到病魔腐汁汙染卻依然閃耀青白色微光的大劍，從正面刺入了吸血鬼的胸口。

吸血鬼噗地吐出一大灘血。

「呃……啊……」

「你們對人類來說也是難以接受的蠻橫存在。既然我們是半斤八兩，那就別怨恨彼此吧，拜託嘍。」

這番打趣的話語，應該已經傳不進他耳中了吧。

大劍的劍身有許多細小的裂痕，微弱的光芒從裂痕中溢出。

吸血鬼被稱為無限接近於不死的鬼族，無論傷勢多重都能立刻復原，這也是他們被歸類在最可怕怪物的原因之一；然而——

「啊……」

「極位古聖劍之一——瑟尼歐里斯。只要讓正確的使用者以這把劍貫穿敵人，無論是誰都會被強制變成『死者』。」

臨終之際，吸血鬼甚至沒有發出一聲呻吟。

他維持著痛苦瞪大眼睛的表情，露出參差不齊的牙齒，就這樣陷入靜止狀態。

（──呼。）

她拔出劍，那具屍體隨即癱倒在廢棄神殿的地板上。

此處活著的人，如今只剩黎拉自己了。只要她沉默下來，周圍就是一片死寂。

回去吧。

她轉過身，踩出腳步聲邁步向前。

才走了幾步，她便停下來回頭一望。

剛才她「殺死」的屍體躺在那裡，一雙眼眸毫無意義地凝視著空無一物的虛空。

他對人類而言是蠻橫的存在。

而她自己對那個蠻橫的存在而言，亦是蠻橫的存在。

──原來如此，或許妳不像我等鬼族一樣。

屍體的嘴唇一動也不動。

黎拉停下腳步所造成的寂靜依然沉滯地籠罩著四周。因此，這是幻聽，是只在她心中響起的聲音。

——不過，正規勇者啊，妳也已經稱不上是人類了吧。

「哼。」

反正只是幻聽，她沒有回應的必要。

黎拉哼笑一聲，重新轉向出口。

（咦？）

一陣暈眩襲來。

視野微微晃動著。

她閉上眼睛調整呼吸，嘗試檢查自己的身體狀況。她感覺自己的身體比平時更加沉重一點，似乎有點發燒了。

†

三天後，黎拉回到帝都。

「妳是蠢蛋嗎？」

一名邁入老年的男人有著格外健壯的體態，那片邋遢鬍鬚下的嘴唇擺出傻眼的形狀。

「妳把滅國等級的腐病毒咒全部承受下來，而且還是從正面接了個結結實實？」

「哎呀，我知道師父你會這麼說，但我也是不得已的嘛。」

黎拉擺了擺雙手，向身為師父的男人辯解著。

「如果我不承受下來，那一帶大概會被汙染，搞不好連附近村莊都會整個滅絕啊。」

「自身安危與四萬七千六百五十三條人命。若是深思熟慮下選擇後者也就罷了，在妳因為無可奈何而動手之前，至少先衡量一下。妳的身分可沒有輕賤到能夠出於一時衝動而犧牲掉自己。」

他講出莫名精確的數字。也許是準確無誤地看穿了黎拉體內詛咒的總量，特地計算出能夠殺死多少人類的推測值吧。

雖然不像是人類做得到的事情，不過她的師父從以前就是如此超乎常人，她早就見怪不怪了。

「……你是要我見死不救嗎？放棄那四萬幾千人？」

「我的意思是，別忘記還有那樣的選擇。無論最後採取何種行動，自己選擇的行動與僅僅是出於道德規範的行動是兩碼子事。」

「唔～好像聽懂了，又好像沒聽懂。」

「就是要妳別變成**只會**當乖乖牌的小鬼。」

「這個……嗯，我也不是不懂啦。」

她知道自己是個聽話的小孩。那種任大人使喚，很好利用的類型。

她自己也覺得無所謂。反正這個世界並不公平，如果自己的存在能夠幫助到某人，那就已經可以算是很有意義的人生了吧。

但黎拉也非常清楚，有些人認為她這樣不妥，為她感到擔心。而傷腦筋的是，她還對此感到很高興。

這究竟是尷尬，還是害羞？

她不曉得該怎麼面對這樣的心情，下意識用指尖搔了搔臉頰。

「——灌注在妳體內的詛咒就這樣積存下來了。不過，那大概成不了什麼大問題，放著不管就會自然而然地淨化掉。問題在於——」

「嗯。」

兩人一起看向靠在牆上的骯髒大劍。

瑟尼歐里斯。

這是被譽為聖劍的武器之一，而且是最古老、最高階且最強大的一把。

神聖之劍這種名號不過是故弄玄虛，其實完全不存在什麼帶有神聖的力量、受過神明的祝福，或是諸如此類的背景。世人所說的每一把聖劍都是藉由某人的手和技術打造出來的純粹工藝品。

這些大劍外形奇特，是以特殊的咒力線將大小各異的金屬護符（Talisman）連接起來組裝而成。

畢竟是少見的珍品，修復和調整都無法隨便找一間城鎮工廠完成。即便是低階的量產型聖劍，若沒有專業設備和技術人員也不能進行調整，更何況是位居頂點的五把極位古聖劍，如果其中一把出問題，除非找同樣頂尖的技術人員，否則根本無計可施。

「帝都的工房有辦法處理嗎？」

「不行。他們哭著說：『要是不把脊髓迴路周圍的咒力線全部同時解開就會失去平衡，我們的技術人員辦不到這種事情。』」

「嗯，那些傢伙不意外。教會的禿頭們怎麼說？」

「他們說因為聖劍的功能健在，所以放著不管就好。既然充當核心的水晶沒有壞死，說不定過不了多久就能自然淨化了。」

「……嗯，他們這麼說也不意外。」

師父長長地嘆出一口氣。

「話雖如此，我們也不能真的放著不管啊。」

他拿出記事本，撕下幾張白紙，然後用筆尖沾墨水，簡單寫了些文字。

「妳把這些紙拿去相關各處。可能多少必須採取強硬的態度，不過報上我的名字應該就沒問題了。」

「這是什麼？」

「介紹信和處方箋。」

師父臉色難看得像是在隱忍頭痛，將紙片遞給她。

「雖然拿妳的身體狀況沒辦法，但我知道有個人或許能修好瑟尼歐里斯。正規勇者的工作就暫時擱置下來，去找那傢伙吧。」

2. 艾德蘭朵·埃斯特利德

她喜歡花窗玻璃。

分成一塊一塊來看的話，只是平凡無奇的玻璃片，染上單一色彩後弄碎成各種形狀而已。不過，用鉛線把大量玻璃片連接起來後，其性質就會大為轉變。原本只會閃閃發光的碎片成為巨畫的一部分，有了不同的意義與作用。

那樣的狀態、那樣的關係以及那樣的架構，在在都美麗無比。

這便是艾德蘭朵·埃斯特利德的審美根基。

†

她昏昏沉沉地醒來。

「……嗯啊～」

她起身——由於太麻煩，所以她就這樣躺著舒展了一下身體，然後裹著棉被往旁邊一滾，從床上掉了下來。

砰咚！傳來了相當沉重的聲響與衝擊。

「我沒那麼重吧……」

她對地板拋出無意義的抱怨，接著撐起上半身，坐在地上環視四周。映入眼簾的當然是熟悉的個人房情景。從書架滿出來堆積到地板上的大量書籍、夾雜在書籍之間的無數海藻紙便條、幾乎被書籍遮住的兩個大型壁櫥，還有散落四處的金屬片正發出黯淡的光芒。

窗外的陽光從緊閉的窗板縫隙滲進來。

這正是早晨來臨的鐵證。

「唔……」

必須動起來了。她像青蟲一樣蠕動起身。現在可沒有賴床的閒工夫，牆上的軟木板貼著今天堆積如山的行程。

她沖了熱水澡清醒腦袋，將頭髮打理整齊，因為沒看到喜歡的髮夾而找了一會兒，又煩惱了一會兒服裝，最後把手套——紅色絲綢上縫著金線刺繡的訂製品戴在手上。

她在鏡子前轉一圈，決定擺出微笑的表情。

鏡子那端，熟悉的少女臉龐正漾著笑容。

年齡十七歲，世人一般依然會稱之為少女的年華。

晶亮的金髮、清澈的湛藍眼眸、彷彿經過磨光的白皙肌膚，以及頗為端麗的容貌。這是在民族大熔爐巴傑菲德爾較為罕見的帝國貴族樣貌。因此，衣著也配合帝國貴族千金們的喜好走華麗路線。

艾德蘭朵很清楚，這麼做是最引人注目的途徑。

「好了。」

衣著整齊，笑容也很棒，至於髮色——她用指尖撥弄頭髮進行確認——目前看起來沒什麼突兀之處。

她今天也要以這個國家為戰場努力奮鬥。

「早呀～」

她輕輕揮著手，奔進埃斯特利德工房的經營事務所。

「緹莉小姐妳今天也很漂亮呢盧卡你頭髮睡亂了唷莎拉妳昨天借我的書我快看完了史諾先生我還在等那件事的報告喔拜茲梅先生你昨天做得很不錯收到對方的好消息了，呃，然後是……」

她匆匆忙忙地橫穿室內，向在場所有人一一說道。

「會長～三號工房的星屑粉好像停止進貨了。」

「又來了？暫時用二號的備用品吧。另外還要調查一下進貨業者的資金動向，要是我們買進的部分流到別家可就糟了。」

「自警團好像要逃避今年的海蛇祭。」

「告訴他們這次會從外部請援軍，把他們留下來。」

「關於古網區福利一事，會計說就算從節稅的角度來看，捐款金額還是太多了。」

「幫我轉告，既然目的在宣傳效果，與其做得不上不下，還不如一股腦地做下去。」

「但若是如此，應該還有其他更具話題性的捐款對象吧？」

「唔～這部分就別深究了。反正有助於區域發展嘛！」

她就這樣走到最高負責人的辦公桌，今天桌上的未處理文件也堆得像座小山似的。

「……唔哇，今天也是盛況呀。」

她一邊用指尖捲起髮梢，一邊呻吟道。

「早安，會長。」

隨著淡然的嗓音，一名中年男子走了過來。

「那些文件請妳在中午前全部處理完畢。此外，我這邊還有兩件事要報告。」

「咦～難得我今天有設計圖想在作業場試做看看耶。不能把那些全部取消嗎，約書亞叔叔？」

「我提醒過很多次不要在事務所叫我叔叔了吧，艾德蘭朵。」

被稱為約書亞的中年男子輕嘆一口氣，泛起柔和的苦笑。

「我在這裡是副會長，就像妳在這裡是會長一樣。」

「唔～爸爸真的是給我留下了不得了的大攤子啊。」

她渾身脫力，很想不計形象地一頭栽在桌上。

「那是因為他相信以妳的才能，一定可以順利繼承他的事業。事實上妳也做得很好，證明大哥的判斷是正確的。」

他溫柔地說道，眼睛微微瞇起。

「…………」

艾德蘭朵用餘光看著那雙眼眸，以及蘊藏在深處的少許光采。

「……算了，抱怨也沒用。所以你要報告的事情是？」

「賽斯家族三男的聚餐邀約，以及來自大陸的訪客。」

約書亞以副會長的口吻平緩地答道。

「哦，賽斯家族的……」她想起那個身材微胖且矮小的男人臉龐，露出一臉厭煩的表情。「……海蛇祭派遣人才的事情已經談妥了吧？還是他又要掀起家庭革命，來叫我站在他那邊？」

「不，據說是要確認『笑面貓』一案。他打算交換彼此的搜查情況再採取行動。」

她心臟猛然一跳。

「那件事嗎……」

她認為自己掩飾得很好，沒有表現出動搖。

「笑面貓」這個暗號，是指這一帶緩慢增加的連續失蹤事件。由於沒有出現屍體，並未被視為殺人案件；而且沒有接到勒索訊息，受害者之間也沒有共同的利害關係，因此也很難當作綁架事件來處理。

再說，這一帶的治安本來就不好。有人失蹤這種程度的事情，即使稱不上司空見慣，也沒有罕見到引起騷亂的地步。說穿了，只不過是接連發生類似的事情而已。因此巴傑菲德爾各區統治者都沒有太重視這個案件——或者說至少是假裝不在意。

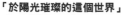

「他找到什麼線索了嗎？」

「不，並沒有值得一提的消息。雖然賽斯家族應該也是同樣的情況，但他大概是打算以此為藉口向妳展開追求吧。」

「唉，果然是這麼回事嗎？上次八成已經被夫人狠狠教訓過了，還真是學不乖耶，受不了。」

「還是不理他嗎？他好歹是一個有錢有勢的男人。」

「他也就只有這兩個優點。如果他的外表、頭腦、性格、體格、體力、判斷力、品德、聲望、前途和常識都有達到最低標準的話，我起碼會裝出有在考慮的樣子就是了。」

「我認為這個判斷很妥當。」

「對吧？」

她心不在焉地答道。

艾德蘭朵正值花樣年華，雖然不好意思自己這麼說，但她長得也不錯。因此，理所當然會出現那樣的追求者。

她接受這樣的事實，也決定豁出去好好利用這番優勢。不過，要是隨便吊人胃口而招來怨恨也很麻煩，她知道這是棘手的問題。

出於建國時期的種種原由，這個國家各方面的根基並不穩定，導致好幾個各擁其主的勢力持續明爭暗鬥。

亂鬥和抗爭是家常便飯，每天都有傷亡。若想在這種環境中生存下去，要麼結夥糾眾壯大勢力，要麼加入強大的群體——儘管形成的群體正是引發下一次鬥爭的原因。

而以艾德蘭朵為首的埃斯特利德家族，雖然地盤大小、成員數量和單純的戰力都很匱乏，但也屬於那些勢力之一。換句話說，埃斯特利德家族每天都過得戰戰兢兢，不知何時會被周圍的組織摧毀。

想要拉攏友軍，同時也不願意樹敵。

（——爸爸真的是給我留下了一個不得了的大攤子啊。）

她沒有說出口，而是在心中又嘀咕了一次這句喪氣話。

「對了，你說下一個要見的大陸訪客是？」

「正規勇者黎拉・亞斯普萊。」

「……咦？」

「我已經聽說了，妳之前受邀去帝都的時候，在宴會上和她起了激烈的口角吧？」

「呃，那個算不上口角吧。」

「那位正規勇者信任我們的技術，有密事要委託。」

艾德蘭朵「唔哇」了一聲，摀住自己的臉。工作理應儘量屏除私情，但世上總會有令人無論如何也抑制不了私情的對象。

艾德蘭朵可以斷言，要是接下這個委託，不對，即便只是聽到她說話，不不不，即便只是和她面對面，也不會有什麼好事。

「好死不死，偏偏是那隻紅豬啊。」

「船應該下星期就會抵達港口了。」

「……能不能在那之前就沉船啊？」

「不許胡說。」

約書亞以叔叔的口吻責備道。

「這種事心裡想歸想，但不要說出來。」

「啊，嗯，也對。就算船沉了，那傢伙大概也能安然無恙地獨自倖存下來，只是給別人添麻煩而已。」

「這種事也是，心裡想歸想，但不要說出來。」

約書亞露出隱忍頭痛的表情，又叮囑了一次。

「我們家和巴傑菲德爾的其他勢力相比，沒有什麼強大的後盾。我們應該透過這次委託來鞏固神聖帝國與讚光教會之間的關係，妳明白吧？」

「……明白是明白啦。」

她噘起嘴唇。

「唉，好想去作業場，好想玩玩護符，好想開發新產品喔～」

「今天就請放棄吧。」

約書亞再次換回副會長的口吻，泰然自若地說道。

「那我什麼時候才能去呢？」

「大概是，直到巴傑菲德爾的和平降臨吧。」

「啊哈哈。」她不禁乾笑幾聲。「叔叔，你這個笑話很有趣。」

「我也覺得。那麼在一笑過後，就請妳開始今天的工作吧。」

「唉，煩耶～！」

不管是大叫還是嘆氣，眼前的現實都不會改變。

既然如此，首先要做的事情只有一件。艾德蘭朵用雙手拍了一次自己的臉頰，動手對付堆積如山的文件。

†

世界有形形色色的人。

單看每一個人，大多是普通無奇的凡人，能力有限，想法也很平庸。

儘管如此，他們都是美妙的存在這點，絕對無庸置疑。不過，集結人數組成集團後，又會產生不同的性質。本來各自閃耀光芒的人生成為巨畫的一部分，開始擁有不同的意義與作用。

那樣的狀態、那樣的關係以及那樣的架構，在在都美麗無比。

艾德蘭朵・埃斯特利德是這麼想的。因此——

那種必須獨自閃耀光芒的人。

那種只能獨自閃耀光芒的人，在她看來——相當寂寞。

「黎拉・亞斯普萊啊……」

她不帶任何情緒地喃喃唸出那個名字。

「她一定沒有任何改變吧……」

3. 異國海港

溼黏的海風吹來，夾著一絲鹹味。

海面反射陽光，發出晶亮的白色光輝。

「哦哦哦～」

黎拉雙眼綻出光采。

她入迷地盯著一片汪洋大海，激動得身體都快探出船舷了。

身為勇者之人，不隸屬任何國家，要為全人類而戰；至少表面上是如此。畢竟只是表面上，所以實情略有出入——由於其後盾讚光教會的勢力範圍集中於帝國境內，正規勇者的戰場往往也集中在帝國境內。

而帝國並沒有這樣的海洋。

再說，她已經很久沒離開過帝國了。這趟久違的遠行途中，她欣賞到帝國所沒有的景色，心情自然亢奮了起來。

「哇～世界真的很廣大呢～」

「請不要太過激動，當心掉下去。」

淡然的嗓音從旁邊傳來，給她潑了冷水。

「哪可能掉下去啊……我又不是小孩子。」

「按世間常理來說，十三歲還是小孩子。」

「是這樣嗎？聽說南方有不少民族認為十歲就是成人了。」

「至少在帝國法中，成年並不是十歲。如果妳討厭被當成孩子看待，就不該提些幼稚的歪理。」

她說得很中肯，黎拉完全無法反駁。

「更何況，妳因為什麼詛咒導致身體不在正常狀態吧？我要是醫生，就會建議妳避開海風。」

「唉，是是是，拗不過妳。」

黎拉嘛著嘴離開船舷。

「話說回來，席莉爾小姐是吧？妳打算跟我到什麼時候啊？」

她用抗議的眼神往旁邊一看。

站在那裡的人——也就是從剛才開始就在跟她說話的對象——是一名外表實在很難給人留下印象的樸素女子。年齡聽說是二十一歲，戴著毫無花色的帽子和高度數的眼鏡，鼻子周圍稍有一些雀斑，而眼神則凶惡到彷彿用扭曲的心態看著這世間的一切。

席莉爾．萊特納。

她是帝都賢人塔的紫飾二等——黎拉不清楚這究竟是怎樣的一種地位，似乎是位階還算高，但也就是個位階還算高的學者。換句話說，如果上級命令她全權攬下麻煩的工作，她是沒辦法拒絕的。

「我當然不是自願跟在妳身邊的。」席莉爾用指尖扶正眼鏡，同時答道：「依照命令，我必須跟妳同行到最後一刻。有意見別找我，去找我的上司。」

「上司是指賢人塔的高層吧？那幫傢伙為什麼要干涉正規勇者的旅行啊？」

「非要說的話，這是配合大臣們的意思。姑且不談本來應該如何，正規勇者的主戰場在帝國境內，亦即對帝國以外的人而言，正規勇者不過是『帝國的守護者』罷了。」

「……什麼鬼。」

原來如此。席莉爾話中的含義，乃至於帝國高層的想法，黎拉全都明白了。

「因為我在國外是超級名人，所以實際上是要求我表現出外交官的談吐舉止嗎？明明我實際上沒有權力也沒有後盾？」

「妳果真很聰明呢。大致上就是如此。」

席莉爾臉上無一絲驚訝，保持淡然的口吻點頭說道。

「可以的話，我原本想取消這次的巴傑菲德爾之旅，但並不能這麼做。」

「是啊。」

她瞥了一眼自己的行李——用布包住的瑟尼歐里斯凸出一截在外。

簡單來說，師父口中「能夠修好瑟尼歐里斯的對象」似乎就在巴傑菲德爾國內。

就算不斷轉乘最快速的交通工具，這段旅程還是耗時超過半個月，跨越國境所帶來的麻煩也正如同席莉爾剛才所叮囑的，整件事真的很麻煩就是了。

（——不過，也不能丟著不管啊。）

瑟尼歐里斯是非常古老的劍。

雖然能使用這把劍的人有限，但由於歷史悠久，照理說輪替過一定數量的使用者。把劍弄得溼黏骯髒就放著不管的話，該怎麼說好呢，實在對不起各方人士。

魚群從稍遠處經過，充滿活力地啪唰啪唰跳出水面。

「哦哦……」

這幅景致也是在帝國看不到的。因為有這樣的好處，頓時令人覺得舟車勞頓的長途旅行也沒什麼不好……她內心產生了這種相當現實的想法。

「勇者大人？」

啊！

聽到席莉爾的冰冷嗓音，她才發現自己再次往船舷靠了過去。

或許是那個詛咒導致她腦袋不能正常運作，她感覺自己比平時更缺乏自制力。這可不妙，她連忙抽回身體。

「所以，呃，嗯。我覺得用不著把神經繃得那麼緊吧。」

她語速稍快地轉移話題。

「我們這次要找的是做護符生意的埃斯特利德家族吧？我和他們會長不久前在帝都的宴會上見過面，是個很好溝通的大叔喔？」

她回想一下，對方是一名胖嘟嘟、很有威嚴的中年男人，穿著感覺很貴的西裝，叼著感覺很貴的雪茄，戴著好幾個感覺很貴的戒指。他看起來就像個黑幫老大，說起話來也很有黑幫老大的風範。

幸虧黎拉的人生經歷過不少風浪，並不會對這種人物感到棘手。

席莉爾傷腦筋地唉了一聲。

「妳的資訊似乎有點過時。我聽說埃斯特利德家族的執行長約莫在半年前換人了。」

「咦？」

「妳說的那個『大叔』當時驟逝，由他的女兒繼承了家業。」

「……女兒？」

魚群從稍遠處經過，又一次充滿活力地啪唰啪唰跳出水面。

海鳥瞄準牠們急速降落。海面上一瞬間有兩道影子交錯而過。

「哦！」

她看見飛回空中的海鳥嘴裡成功銜住了一條魚，鱗片反射陽光發出耀眼的銀色，彷彿是表彰戰功的獎盃。

「哦哦哦……」

剛才那實在太美了。不知該如何形容，那是一種前所未見的美麗景致。光與影、靜與動、生與死，各種事物在一瞬間交錯、迸發。

她原本以為自己算是很習慣旅行，有一定程度的見識，但她終究才十三歲，看來還遠遠稱不上見多識廣。畢竟只不過是稍微出個遠門，就遇到了如此新奇的體驗。

「勇者大人？」

啊！

「呃，哎呀，哈哈哈。」

她笑了笑敷衍過去，離開又在不知不覺間靠過去的船舷。

「剛才說到哪？那個大叔突然過世，然後……」

明知對方會覺得轉得很硬，她還是將話題拉了回來。

「……妳說他的女兒繼承了埃斯特利德家族？」

才剛言歸正傳，她就意識到自己的嗓音沉了下來。

「對。我聽說了喔，妳在那場宴會跟那邊的大小姐發生了劇烈的衝突吧？」

席莉爾淡淡提道，表情就像是對不受教的學生感到厭煩的老師。

「也沒到衝突那麼誇張啦……」

「聽說彼此差點就要扭打成一團了。」

「……沒那回事。就她那種程度，在**彼此**扭打成一團之前我就能秒殺掉了。」

「這樣啊，我非常了解妳們兩位之間的關係了，不過……」

席莉爾深深點了點頭，不知是理解了什麼，

「艾德蘭朵・埃斯特利德。世界首屈一指的護符製造商埃斯特利德家族的王牌兼最終兵器——天才少女艾德蘭朵正是這次的交涉對象。」

「…………」

黎拉稍作思忖。

「我可以回去嗎？」

「不行。」

「不行啊……」

她垂下肩膀。

「我很不會應付那個女生耶……」

就在此時，彷彿在安慰自言自語的黎拉一般，遠處的水面上再次有什麼東西啪唰啪唰地跳了起來。

†

相傳那片海域棲息著妖魔。

出了里斯提內海之後，筆直朝東前行，就在高曼德沙流聯邦的北方。

原本晴朗的大海會突然起濃霧，迷失方向的船隻迫不得已之下，只能收起船帆等待天氣變化。然而，那陣迷霧是通往遙遠世界的入口，船再也見不到太陽，就這樣沉入海底。

這是古今東西皆耳熟能詳的傳說。

由於是耳熟能詳的傳說，所以受害船隻也有各種不同的類型，例如大型商船、小型漁船、舊式手划船、新型帆船。而其中最駭人聽聞的，便是一支隸屬海軍的船隊盡數遭到迷霧吞噬，就此消失在世上。

儘管這些傳聞像是會被歸類成講給小朋友聽的童話，但其實並不是沒有根據的無稽之談。進入那片海域便失去蹤影的船隻確實很多，也留下了大量能夠印證此一事實的紀錄。

掀開謎底，犯人並非迷霧，而是海流。

平時風平浪靜的大海，只要滿足季節和天氣等特定條件，潮流就會發生巨大變化。氣流大亂，迷霧出現，將船隻帶往無處可逃的危險岩礁地帶。

無數船隻被拐到那裡，然後遭到捕獲。留在陸地的人無從得知此事，只能按照感覺描述成船隻在霧中消失了。於是，海中棲息著妖魔的故事就這樣誕生並流傳了下來。

那麼……

上述內容當然是舊聞。以造船技術與航海術大為進步的最近而言，情況已稍有不同。

先前提到有一支海軍船隊盡數遭到濃霧吞噬。

這並非加油添醋的故事，而是實際存在的事件。距今一百多年前，集齊當時最新銳技術的二十六艘大型帆船消滅擾亂近海的大怪蛇之後，在歸途中全部漂流到了這片海域。

當時理應引起相當大的恐慌。他們的船動彈不得，周圍散落著無數船上乘客的遺體，還有航海士之類的人告知他們再也無法離開此地的事實。然而——

「從現在起，我等將在此建立新的國家！」

船隊的首領——巴傑菲德爾船長正經八百地如此宣布。

所有人都笑了，認為他在講瘋話而感到傻眼。等到氣氛因此和緩下來後，人們冷靜細思之下，才發覺這並非不可能的任務。

這些人將動不了的船隻當作國土，在船隻之間架起橋梁。他們採集使船速變慢的可恨海藻，確認它們可食用，並巡視周圍失事船隻的殘骸，補充了物資。此外，他們也接納漂流過來的新船隻，主動提議雙方合作。

這一路走來並非始終和平順利——倒不如說流了很多血——但總而言之，他們的嘗試大致上是成功了。相依為命的漂流者們確實創造出了規模足以稱之為國家的社會共同體。

想當然耳，自建國以來很長一段時間，大陸各處都未曾聽聞其存在。不過近代之後，人們逐漸能夠克服大多數的岩礁和海流，甚至改變了這一帶的情況。

正因為這裡本來可以成為交通要衝，所以才會有大量船隻來來回回，一再發生遇難意外。如果能安全往返，過去相傳棲息著妖魔的那片海域也會搖身變為便利的貿易航路。

至於現今——

†

海上之旅耗時六日。

開始能在地平線彼端看見那個輪廓之際，黎拉喃喃「哇哦」了一聲。

等距離慢慢縮短，連細節都看得很清楚的時候，黎拉不禁發出了「唔耶」的聲音。每當海浪升高，船隻不穩地搖晃起來（似乎是因為附近海底遍布不規則的岩礁），她就會「呀」、「噢」地叫出聲來。

而在船隻駛入港口之後，走下舷梯的瞬間，她又「唔唔嗯」地發出了既非感嘆也非困惑的怪聲。

她感覺地面在晃動。

這並不是因為突然離開搖晃的船隻而導致的現象。看似海港的場所也是一艘巨大的駁船，確實正伴隨海浪的起伏而平緩晃動著。

「——沒有抵達陸地的感覺啊。」

「畢竟這裡本來就不是陸地。好了，拿出護照吧，我要去辦理下船手續。」

「是～」

小孩子獨自旅行會遇到許多方面的麻煩，因此有席莉爾同行倒是省下了不少工夫。只要有一個可靠的大人在，各種手續都能順利地辦好。

當然，只要一開始就亮出正規勇者的身分來施壓的話，就能無視掉一切麻煩，以國賓的待遇入國，但她希望盡可能不要這麼做。

「唔唔～嗯。」

巴傑菲德爾國是集合無數失事船隻所建成的城邦。

其國土──姑且不論這麼說正不正確──中心是搜集木材和金屬板拼湊起來的巨大醜陋結構體。外形大致而言，就像是插滿無數牙籤、快要走樣的布丁，也像是把外行人千辛萬苦做成的竹籠倒扣過來。

籠統而言，構造是縱向分割為五層。之所以說是籠統，其實是因為它的設計沒有多精細，有些地方是四層或六層。各層可以進一步粗略劃分成若干區域，各區域似乎有不同的自治團體管理。

無數木筏拴在一起，宛如浮島一般占滿外圍的海面。她們目前所在的港口也是其中一個大型木筏，這裡看起來是與外界接觸的交易場所，延展開來的市區感覺治安不太好。

稍微抬起視線，便能看到將中央類似巨大布丁的物體與周邊木筏相連的無數細繩。順道補充，這裡同時能看到掛在上面的無數晾曬衣物，簡直就像是馬戲團的帳篷與懸掛起來的旗幟。

即便是在大陸上，這種大小的建築物也很少見。這一切全都是過去的遇難者以及其子孫建造而成的。

（人類真是頑強啊。）

由於肚子有點餓，她便走到旁邊的攤販買了些水果乾。她立刻咬了一口，甜味在發鹹的口中擴散開來，令人心情愉快。

「……妳啊。」

有人從背後輕輕戳了一下她的頭。

「下船手續都還沒辦完，妳怎麼就自然而然地買零食吃起來了？妳這個孩子連乖乖等待都做不到嗎？」

黎拉轉過頭去，站在那裡的當然是席莉爾，只見她臉色不悅，像是在俯視一個不聽話的壞孩子。

「沒啦，我想說終於到達了，心情就有點興奮。妳要吃一個嗎？很好吃唷。」

「才剛捱罵就立刻賄賂討好嗎？真是的。」

「可以這麼說吧。妳不要嗎？」

「……那我就不客氣了。」

席莉爾就這樣板著臉接過水果乾，馬上咬了一口。

「然後呢？我們接下來要做什麼？觀光嗎？」

「偶覺得──」她吞嚥了一下。「我覺得最好還是別去觀光，畢竟無法保證這裡的治安沒問題。」

「是嗎？」

黎拉用視線瞥了一圈四周。

「乍看之下感覺沒有多危險啊──」

幾乎就在同一時間──

男人的怒吼、木板的斷裂聲、許多人的尖叫、鍋子等東西互砸的金屬聲、響亮的水聲，以及比剛才更多的尖叫聲傳來。

距離很近，大概就隔著一間小屋。

「──我說，勇者大人？」

席莉爾的眼神很冰冷。

「不過是隨處可見的當地小混混在打鬧罷了。充其量只有五個人，似乎也沒有拿出什麼刃物，應該沒有危險吧？」

席莉爾毫不掩飾地大嘆一口氣。

儘管無關緊要，但按照嘆氣幾次就有幾次幸福溜走的說法來看，這個女人至今為止究竟失去了多少幸福呢？雖然這件事真的不重要就是了。

「世間一般稱這種情況為巨大危機。」

「不管世間覺得如何，沒有危險就是沒有危險。我就不用說了，妳既然是賢人塔出身，應該也會使用咒蹟（Thaumaturgy）吧？」

「我是有學一點啦。咒蹟基本上都是透過精心準備的儀式才能施展的祕術，不適合用來對付突發性的暴行。」

「那是『基本上』吧？妳敢肯定自己也不例外嗎？」

一陣沉默。

「……無論如何，我覺得這種喧鬧不適合觀光。還是說，妳喜歡看熱鬧嗎？」

「唔～我不是這個意思。」

她想了一下。

縱使沒有親眼目睹，她單憑聲音和氣息的動向就能掌握大致狀況。人數為二對三，雙方目前都赤手空拳，程度也很低，並不是能夠稱為抗爭的衝突。

她反而更在意圍繞著這場騷亂的其他人。人數為四人，他們斂起氣息，提防著彼此的態度，遠遠圍觀外行人之間的鬥毆。她認為那些人全都是慣於應付這種場合的好手。

（有幾分本事的傢伙們在監視著港口……也就是說，這個國家並沒有表面上看起來那麼安寧吧。）

照理說不該去干涉。

每座城市當然都有自己的調性，外人不該輕率地涉入其中。若是隨意參與，沒錯，就和席莉爾剛才說的喜歡看熱鬧沒有區別。

是的，那並非身為全人類的守護者——正規勇者的工作。

「……該怎麼說好呢，我倒覺得很和平耶。」

「什麼？」

「人怕的是人。人與人之間能夠公開挑起爭端，就代表不會因為這種事情而滅絕。我看這一帶應該沒什麼怪物吧。」

「妳這想法還真是危險啊。」

鬥毆的騷動慢慢加劇。或許是某一方陣營的夥伴來了，也或許只是周圍看熱鬧的人受到牽連而參戰了。

「不過，妳說的恐怕是正確的。海中的野生怪物似乎不太接近這裡。這裡幾乎沒有冒險者，所以只有一處具備最低限度功能的冒險者公會，而且被公會聯盟屏除在外。」

「妳很了解嘛。」

「因為我事先調查過了。」

除此之外——席莉爾認為沒有刻意提起的必要，因此沒說出來——讚光教會在這裡的影響很薄弱，為守護人類而戰的勇者是不存在的。

「每年臨近暴風雨的季節時，會受到成群的大海蛇和大鮫襲擊。據說各大自警組織會相互競爭討伐數量，變成一種狂歡慶典，唯獨在這個時節才會有組織召集傭兵。」

怎麼聽起來好像很好玩。

「……該怎麼說好呢，這裡好熱鬧啊。雖然我說不太上來就是了。」

「勇者大人？」

「感覺真不錯呢。」

黎拉彷彿在說服自己似的喃喃幾聲後，因為騷亂而沸騰的人群中鑽出一名身穿套裝的女性。她張望四周，看到她們便走了過來。

「請問是亞斯普萊大人，以及萊特納大人嗎？」

那名女性不知為何一副戒慎恐懼的模樣，向兩人介紹自己是埃斯特利德家族派來迎接的使者。

†

這個屋子絕對算不上寬敞。

但一看就知道很花錢。

所有日用器具都是在帝國看不到的類型。排列在牆邊的壺甕應該都不是陶器，而是金屬製品。就連地上的地毯也不是獸毛做的，似乎是用某種枯草編織而成的。至於豪闊大器地占滿整片牆壁的，大概是把近海地勢與海流全部畫進去的廣域海圖。

屋子正中央擺著一張六人長桌，兩端各擺著一把同樣貴氣的椅子。

坐在椅子上的雙方都是年紀尚輕的少女。

「…………」

黎拉・亞斯普萊笑咪咪的。

「…………」

艾德蘭朵・埃斯特利德也笑咪咪的。

氣氛很冰冷。一股來歷不明的緊張感充斥著屋子，膽子小一點搞不好就昏過去了。

「——我們已知悉情況。」

站在艾德蘭朵斜後方的穩重紳士緩緩鞠躬。

「極位古聖劍瑟尼歐里斯是人類的至寶之一，劍身的汙濁等同人類未來的陰翳。此劍的修復淨化作業不受國家宗教隔閡，相當於全人類的義務。雖力所不及，但我們願意盡上微薄之力。」

「停。」

艾德蘭朵用平靜的嗓音打斷了紳士的話語。

「不要擅自推進話題，我還沒有同意這件事。」

「會長。」

「首先，我們是生意人，真要說的話，更偏向邪惡的組織，並不是你們那種為世界奉獻的正義化身。」

黎拉微微皺眉，而艾德蘭朵則毫不在意地繼續說下去。

「從剛才談到的內容來看，讚光教會認為解決那把劍的問題並非當務之急。然而，調整難度很高，恐怕必須完整投入最好的設備和技術人員才有辦法著手修復。我們沒有這樣的餘裕……我說得沒錯吧，**副會長**？」

紳士默不作聲。

「就是這麼回事，妳特地遠道而來真的很抱歉。啊，不如我介紹好吃的魚店給妳當作補償吧？」

「哈哈，妳真幽默。」

黎拉用開朗的語調──至少她本人是這麼打算的──回答道。

「妳的立場容不得妳這樣嘴硬吧？正因為沒有餘裕，才更不應該放過給神聖帝國和讚光教會做人情的機會。」

巴傑菲德爾國的國土非常狹小。因此，若是有若干組織爭權的話，作為後盾的勢力就顯得非常重要。神聖帝國與讚光教會可說是已經實質統治著世界，絕不能輕忽與這兩者之間的關係。

她說到這裡稍作停頓，環視一語不發的所有人後繼續說道：

「更何況，現任持有者答應讓你們對我們家的寶貝瑟尼歐里斯進行解析，妳內心肯定想立刻搖著尾巴撲過來吧，艾德蘭朵。」

「……埃斯特利德家族以前也承辦過瑟尼歐里斯的解析作業。當時的數據對現今的護符工房來說，已經是綽綽有餘的資產了。」

好像是有過這樣的事情。

那是幾十年前的事情了。瑟尼歐里斯的前任使用者，也就是黎拉的師父，因用盡全力過度揮舞導致瑟尼歐里斯的核心故障了。當時接下修理作業並圓滿完成的人，似乎就是埃斯特利德家族的前會長。

這次的介紹便是源自於當時的緣分。

「妳並沒有親眼分析過瑟尼歐里斯，也沒有親手分解過瑟尼歐里斯。其實妳內心恨不得立刻長出尾巴撲過來吧，艾德蘭朵。」

「……我在妳心目中究竟是怎樣的一種怪物啊？」

「毛色好看但手腳不乾淨的母狐狸。」

「答得太快了吧。」

艾德蘭朵「啊哈哈～」地笑著。

黎拉「嗯呵呵～」地笑著。

窗外的海鳥們嘎嘎地發出不祥的叫聲。

「勇者大人。」

始終靜候於黎拉斜後方的席莉爾嘆了口氣。

「我應該提醒過妳，請妳以外交官的身分謹言慎行吧？」

「我年紀還小，搞不懂那麼難的事情啦～」

「專挑有利的時候講這種話……」

黎拉感覺到席莉爾無奈地搖了搖頭。

「看看妳～捱罵了吧～」艾德蘭朵在旁邊幸災樂禍。

「妳也一樣，會長。」

紳士用指尖按住太陽穴，一臉為難地搖了搖頭。

「妳已經是這裡的代表了。經驗不足是在所難免，可以由我們這些身邊的大人來彌補。但是，我一直有在要求妳至少在態度上要表現得有模有樣吧？」

「我雖然已經是大人了，但還是搞不懂那麼難的事情啦～」

「……我說妳啊……」

紳士發出一道彷彿從靈魂深處擠出來的沉重嘆息。

「我明白你的心情。」

席莉爾也用像是發自肺腑的聲音回應道。

「再說～」

也許是不懂得察言觀色，又或許是膽子大到沒把他們放在眼裡，只見艾德蘭朵若無其事地開口說：

「事實上，我們現在也沒閒工夫攬下其他工作吧？『笑面貓』的案件還沒解決，『叉匙』和『餘燼鼠』也不太能推遲處理，而且連海蛇祭的準備都還沒好吧？」

「正因如此，這次的事情才不能拒絕。沒有來自讚光教會的援軍，妳打算怎麼度過那個海蛇祭？」

艾德蘭朵似乎被戳到痛楚，沉默了下來。

「什麼海蛇？」

聽到陌生的詞彙，黎拉悄悄詢問旁邊的席莉爾。

「那是巴傑菲德爾的特有活動，類似大規模討伐任務。因為需要比平時更強的戰力，這件事似乎就成了交換條件。」

「……教會可什麼都沒告訴我耶。」

「這……可能他們認為這件事無須勇者大人費心吧。」

算了，她猜也是這樣，很像那群祭官會有的想法。凌駕於別人頭上擅自進行交易實在很令人不快，但既然是常態的話，也就沒什麼好說的了。

「…………呿。」

艾德蘭朵百無聊賴地用指尖擺弄著瀏海。

「看樣子你們是願意承接了，所以我先確認一下，瑟尼歐里斯的淨化真的要在這裡的工房進行嗎？這可是連帝都的中央工房都放棄的工作喔？」

「這當然輕而易舉——雖然我想這麼說，但實際情況要試過才知道行不行。被譽為極位古聖劍的五把聖劍全都超乎常人的想像，處理起來並不容易。」

紳士說了聲「不過」，同時瞥了一眼艾德蘭朵。

「我們有把握，請兩位放心。」

而艾德蘭朵本人則像小孩子一樣噘起嘴巴，但沒再多說些什麼。

「我們已經安排好旅館供兩位在停留此地時入住。雖然妥善處理過以避免帶來任何不便，但如有不足之處還請告訴我們。」

「這真是感激不——」

「此外……」

沒等席莉爾道完謝，約書亞就像是打斷她似的接著說道：

「這個國家有來自各地的人民，很多人對帝國和讚光教會的印象都不好。可以的話，兩位貴客的身分就——」

「我們沒打算到處宣揚。」

「明白了。就算不提這件事，此地的治安也不比帝國，還請千萬小心。」

約書亞深深鞠躬，為話題劃下句點。

4. 幽靈船城邦巴傑菲德爾

街角的大型公布欄上貼滿了印刷的紙張。

黎拉在其中看到了長得很眼熟的肖像畫，便停下了腳步。雖然畫風有點可愛，但她不可能認錯。在兩側稍微綁起的金髮，狡黠地閉上一隻眼睛的姿勢，儘管與剛才見到的本人表情大不相同，但確實是艾德蘭朵。

那似乎是在為專門販售給一般家庭的護符打廣告，以五國語言寫著宣傳標語，帝國公用語的那排字寫著：「實現夙願的護符，向在意的對象告白時也能使用！」

（妳這傢伙沒有那種為了追到男人而使用魔咒的少女心吧。）

說起來，那女的有渴望過男人嗎？她貌美、多金，又有地位。真要說的話，應該是屬於把求愛的男人們統統趕走的那一邊吧。

她一邊想著這樣的事情，一邊往前走。

飄浮在這裡的建築物都是用類似碎掉的木片和金屬片接合而成，很有臨時湊合的感覺。光是走在街上，就感覺身體籠罩在不可思議的氛圍中。

她尤其在意的就是立足點的不穩定。與其說是用木材釘成的地面，不如說是廉價粗製的地板。不僅凹凸不平，而且到處都有腐壞的部分，還有點搖搖晃晃的，造成怪異感的原因要多少有多少。

彷彿酩酊大醉一般——和搭船時的晃動又不太一樣。

「剛才我可是一身冷汗。」

走在旁邊的席莉爾用煩躁的語調朝她說道。

「嗯？」

「妳們兩個的關係真的很差。」

「唔～算是吧～」

她保持著飄飄然的心情，不太認真地答道。

在將瑟尼歐里斯託付出去的現在，她的後背實際上也很輕鬆。

「以前發生過什麼事嗎？」

「妳不是調查過了？」

「我只知道妳們兩個發生過一次爭執，並沒有到處打聽詳細情況，沒有連同原因和過程一併了解。」

「喔……」

黎拉心想：這也難怪。

就算跟當時在附近的人們打聽詳情，大概也得不到什麼重要資訊。畢竟身為當事人的她也沒辦法清楚說明自己在那個當下的衝動與行動。

「事情的起因在於我的師兄。」

「哦？原來還有這一號人物啊？」

「對啊，是有這一號人物在，而且那傢伙也是那種……」

她用豎起的手指劃著圈，斟酌接下來的措詞。

「……算了。這種事不該對別人說。」

「咦？妳怎麼這樣？勾起別人的興趣就打住了，是在折磨人嗎？」

「妳不用對那種傢伙的話題產生興趣啦。」

她擺了擺手。

——她知道這樣很不像自己的作風。

別看黎拉．亞斯普萊這樣，她好歹也是出生在略為高貴的家庭。模仿人偶、臉上一直掛著虛假的微笑、講些言不由衷的漂亮話來維護場面，這些上流社會千金必備的技能她全都學會了。她很擅長維持大人期望中的好孩子形象。發生許多事情之後，雖然她的立場產生巨大變化，但習得的技術並沒有盡數消失。如果只是口頭上講講社交辭令讓場面圓融地進行下去的話，對她而言理應就像呼吸一樣簡單才對。

幾名與黎拉年紀相仿的孩子互相嬉笑追逐。

對外來者來說難以適應的地面，對從小生長在這裡的人來說似乎是再尋常不過的事物。他們輕盈且快樂地跳過了凹凸不平之處。

「……好奇怪的衣服。」

「那是高曼德沙流聯邦的遮陽大衣，據說在那裡稍有疏忽就會中暑。」

「他們說的語言不是很常聽到。」

「那是沙蟲語，高曼德三成左右氏族的公用語。附近可能是出身那一帶的人聚集的區域吧。」

「妳會說嗎？」

席莉爾思忖了一下，然後答道：「聽得懂日常會話而已。」

「真厲害。賢人塔的人都這樣嗎？」

「不是……是我直到幾年前為止，都還被當成稀世的天才兒童。」

「直到幾年前為止？」

「我也曾經備受呵護推崇啊。在才能高到另一個境界的真正神童出現後，如今別人對我都是『還有這個人在啊？』的態度。現在如妳所見，我的用處只在於攬下別人不想做的麻煩工作。」

原來如此。黎拉感覺自己明白了許多事情。

跟隨正規勇者到帝國外旅行，如此重要的任務不能託付給沒有實力的人。但賢人塔有實力的人基本上都是閉門不出、只對求知有興趣的老人，無論體力還是個性都不適合長途旅行。

如果一個曾經被譽為天才的優秀年輕人，現在已經不需要特殊禮遇的話，那當然會被使喚來使喚去。

「那麼……」黎拉轉過頭。「我們還有時間，不四處看看嗎？好像有很多帝國附近看不到的東西，妳能幫忙解說的話，我會很高興的。」

「駁回。」

席莉爾答得很冷淡。

「我的工作是協助勇者大人順利完成瑟尼歐里斯的淨化，不打算增加多餘的風險。我們就這樣直接去下榻處吧。」

「等等等等等！我只是想觀光一下而已，沒什麼風險吧？」

「能讓四萬多人病死的詛咒仍然留在妳體內，我說得沒錯吧？」

——唔。

「話是這麼說沒錯，但我可是人類最強的聖人，身體大致上很健康喔？」

「我沒道理相信妳的自我辯護。」

「唔唔。」

黎拉有點頭痛。剛才那個「身體大致上很健康」的主張不算謊言，但也不完全是真的。她現在的身體狀況確實大不如前，儘管沒有表現在臉色上，但她應該有點發高燒了。

就算她繼續說謊蒙騙過去，一被檢查也會立刻露餡。

「我們本來就才剛結束長途航行而已，不管妳接下來想怎麼抗議，我今天都要讓妳直接去休息。」

「……真沒辦法，我明白了啦。」

黎拉小小嘟著嘴，調整了一下背上行李的位置。

「對了，旅館是在這前面嗎？」

「是的。直走就到了，我們也不會在途中繞路喔。」

「沒啦，我不是那個意思。我只是想確認一下以防萬一嘛。」

「萬一？」

黎拉朝疑惑的席莉爾微微一笑。

「對。雖然我想應該不需要擔心，但萬一我們在到達旅館之前走散的話，就在旅館那邊會合吧？」

「……妳！」

大概是察覺到黎拉想要做什麼，席莉爾打算出聲制止，但黎拉的行動硬是快了半拍。

她放輕呼吸，鎮定氣息，只餘下一抹笑容在現場，身影消失無蹤。

這是在資深職業殺手中也才一小撮人會施展的真正隱形術，一種不需要遮蔽或迷惑，單純從對方的認知脫離出去的技能。

明明人理應就在那裡，但是對於沒有特殊修為的人來說，就是看不見、摸不著，也感覺不到。

「呃、啊、啊啊啊啊！」

席莉爾伸出的手揮空了。

她神色慌張地左右張望。

視野中沒有黎拉．亞斯普萊的身影——她察覺到自己澈底讓黎拉給逃了。

「那——」

她用手掌使勁拍了一下額頭，搖搖晃晃地靠在附近的牆上。

「那個小鬼頭——！」

她抬頭對著天空。

不怕羞恥、不顧顏面、不加收斂，也不避諱路人眼神地大吼出聲。

5. 熱鬧的貓窩

黎拉哼著歌走在街上。

她知道自己這麼做很對不起席莉爾。

知道歸知道，她並沒有反省的意思。正規勇者的人生看似波瀾萬丈，其實相當無聊，缺乏讓自己積極上進的刺激。今後未必會有第二次離開帝國的機會，她想把握這次盡情享受各式各樣的未知體驗。

（唔～嗯。）

儘管偶爾會看見身穿異國服裝的人，但這一帶的文化基礎與帝國——或者說與大陸相差不遠。無論是布料質感還是染色效果，都跟她所熟悉的沒有多大區別。這一帶應該是出身大陸的埃斯特利德家族集結相同出身的人們建立起來的區域，頻繁與大陸貿易往來，一直維持到現今。

她也想去看看其他區域。不過，她不想讓席莉爾更生氣（姑且不談現在才擔心這個問題是否有意義），所以她打消了這個念頭。在附近逛一逛就離開吧。

她在一個攤販前停下腳步。

這個攤販賣的是用毛線和碎布做成的生活雜貨。不用說，她並不是因為這些東西有多稀奇而受到吸引，她在意的是其他東西。

那就是一個布偶。

那個布偶的外形是黑髮少年。

她當然不是覺得這個布偶物美價廉。它用的是便宜布料，作工也沒有好到令人驚奇。雖然做得相當用心，感覺得到製作者的愛，但單純視為商品來看待時，其價值大概就這樣而已。

她另有其他在意的理由。

比如說，布偶那一頭捲曲得很嚴重、有點翹起的黑髮。

還有彷彿憤世嫉俗一般略顯老成的眼神等。

簡單來說，就是和黎拉認識的**某人**很像。

「…………」

或許是獨自在異國散步讓她心情有些陶陶然。

又或者是詛咒造成的發燒害她缺乏判斷力。

總之，平時她會毫不猶豫地遏止住的衝動在內心膨脹了起來。

「唔。」

她東張西望，沒什麼意義地確認四周。

眼力所及的範圍內沒有發現熟人的身影。即使她傾盡一切勇者的感知能力探查氣息，也沒有發現有人在注意這裡。

也就是說，甩掉席莉爾之後，她如今正在異國的土地上獨自散步。

不管自己做什麼都不會丟臉，也不會有損形象。

「…………嗯。」

她只猶豫了短短幾秒。中年女店主的帝國公用語講得有些古怪，但加上身體語言後交易就順利成立了。她拿出錢包裡的幾張當地紙幣換到了想要的東西。

「耶嘿。」

她臉上泛起微笑。

腳步都輕快了起來。

心中想著與剛才得到的布偶長得很像的**某人**。

（不知道那傢伙現在怎麼樣了。）

她知道對方是個擔心也沒用的人。然而，那傢伙就是會令人愈想愈擔心。

他現在已經是準勇者了。

儘管沒有被選為正規勇者，準勇者也是讚光教會認可擁有相應強度的聖人，所以他當然不是弱小的普通人。倒不如說，從常人的角度來看，他潛藏著超乎常識的強大力量。

然而，那種立場與強度只能讓人一時安心。因為無論何時，只要那傢伙找到想要守護的對象，縱使敵人再棘手，他也會毫不猶豫地挺身挑戰。

（…………）

沒錯，這一點想都不必想。

從過去至今，那傢伙一直都是做他自己。他現在也一定正在為了幫助別人而胡來逞強，挑戰沒有勝算的對手，展開荒謬至極的戰鬥，用盡一切方法勉強獲勝，弄得渾身傷痕累累，害自己守護住的對象哭泣。絕對是這樣。

不論旁人多麼擔心他，試著勸他放棄，他絲毫不放在心上。

彷彿他迄今為止都是如此，並且今後也一直都會是如此。

（愛爾也真是可憐，總要為那種笨蛋操心……）

她把裝著布偶的紙袋——本人並不在裡面，所以是布偶受到無妄之災——緊緊地抱在懷裡。

砰！

「啊。」

「呀！」

她撞到一個嬌小的路人。

伴隨「劈啪」的一道細微聲響，黎拉的袖子微微裂開。

她果然不在正常狀態，缺乏注意力到致命的地步，犯下了平時絕不會犯的失誤。

單純比較體格的話，雙方差距不大——對方是十歲出頭的少女——但高手和普通人的重心穩定度不同，對方就像撞到了巨大的石像。黎拉紋絲不動，對方卻跌了一大跤。

「對不起，我走路沒看路──」

黎拉連忙伸出手，打算扶起倒地的少女。就在這時候──

「──愛爾！」

她脫口喊出剛剛才浮現在腦海的熟人名字。

†

這是不可能的事情。

†

「妳說的『愛爾』是什麼樣的人呢？」

「呃，這個嘛……就是熟人的女兒……之類的？」

沒錯。熟人的……其實就是那傢伙的「女兒」。

她當然是帝國人，而且還是遠離帝都的偏鄉城鎮居民，要在相隔遙遠的這個地方見到她本人是不可能的。

（仔細一看，感覺上……也沒有那麼像啊……）

黎拉目不轉睛地端詳著眼前的少女。

對方的年齡——可能和黎拉差不多，大概十三歲左右。

那一頭服貼的黑髮沒什麼光澤。儘管不是搶眼的美人，但沉靜的容貌和表情讓人看了很有安心感。這些地方都和「愛爾」很像，令人不禁覺得看錯好像也無可厚非。

然而，她們之間存在著幾處決定性的差異。少女住在這個日曬強烈的地區，肌膚跟「愛爾」不同，是有點黑的健康膚色。再加上——

（——好漂亮的眼睛。）

沒錯，她的眼眸呈現著不可思議的色調。

那是充滿柔和光澤的單調翠銀色。

美麗晶亮的眼眸常常會被比喻成寶石，不過這名少女的眼眸卻找不到適合的寶石來形容。硬要說的話，那鏡面般的光澤帶給人金屬的感覺，看起來就像是銀製工藝品，不對，比較像是加工前的銀錠。

「妳和她很要好嗎？」

「嗯、嗯，應該是吧？」

「唔嗯～」

少女探頭盯著黎拉的臉龐。

「妳說的那個熟人，他很帥嗎？」

等一下，她從剛才的對話明白了什麼。不對，是嗅出了什麼。

「……這個嘛，誰曉得呢～我沒用那種角度看過他，所以不清楚耶～」

黎拉下意識地移開視線。

「嗯嗯嗯。」

少女壞心眼地連連點頭。

黎拉想撤回前言，這孩子果然和「愛爾」不怎麼像。她才不會露出這種像是小惡魔的奸笑。

少女自稱愛瑪。

她說她和家人住在這個區域的邊緣地帶，靠近海邊。

兩人相撞的時候，黎拉衣服的袖子裂開了小口。

愛瑪說要帶她回家裡縫補起來，於是黎拉就接受了她的好意。

「抱歉，家裡東西散了一地。我家的孩子們很沒有規矩。」

原來如此，確實如她所說——黎拉這麼想著。雖然小屋稱不上寬敞，但可以看到椅子倒在地上，床單和毛毯凌亂不堪，毛線被弄得亂七八糟，竹籃支離破碎，實在是非常慘烈的情況。

雖然很想用「暴風雨過後」來形容這種情景，但這麼說不太精準。因為暴風雨仍在這裡肆虐。有白、黑、深褐和花斑等，五顏六色的毛球們歡欣鼓舞地在屋子裡跑來跑去。

「你們幾個！」

聽到愛瑪的喝斥，毛球們慌張地衝進隱蔽處。屋內一改剛才的喧鬧，瞬間安靜下來。

只聽到小小的一聲「喵～」，不曉得是哪一隻叫的。

「妳剛才說的家人就是……」

「嗯，說的就是這些孩子。大概六年前，這一帶出現了流行病，我的父母在那時候過世了。雖然還有個姊姊，但她也在當時不知去向。」

——黎拉覺得，這不是能帶著笑容輕鬆說出口的事情。

「啊，我並不寂寞唷。就像妳看到的，我有很多很多的家人。」

確實是驚人的數量，而且看來也不會為寂靜所苦。

「這個國家有孤兒院之類的設施嗎？」

「有是有，但他們沒有收留我。」

她哼著歌取出裁縫箱，三兩下就縫好黎拉的袖子。

黎拉佩服她的巧手，她則挺胸表示：「因為做得很習慣了。」

這樣就完成黎拉來這裡的目的了……儘管如此，愛瑪又煮了水開始泡茶，似乎是想再聊一會兒。黎拉心想：那當然沒問題。

「妳看，我這雙眼睛的顏色很厲害吧？這是我剛才說的那場流行病的後遺症，城裡的人們都不喜歡看到它。雖然聽說已經不會傳染了，不過，害人家想起難受的回憶也不好啊，對吧？」

她彎起翠銀色的眼眸，啊哈哈地笑了。

一隻小貓輕盈地跳上她的大腿。

「……我倒覺得這顏色很漂亮。」

「很少有人這麼對我說呢，能認識黎拉小姐真是太好了。」

喔，原來如此。她之所以把在街角偶然撞到的旅人帶到家裡，是出於這樣的原因嗎？

「這樣的話，妳的生活不會很困難嗎？」

「唔～也不至於啦。爸爸有留下一大筆保險金，古網區這邊的景氣也不錯，有很多適合我這種小孩的工作。」

「嗯……」

黎拉再次端詳起愛瑪的眼眸。

她說這是疾病的後遺症，但黎拉覺得這個說法有哪裡怪怪的。

感覺就像是畫到一半的畫布。明明想要畫出一幅精緻的畫作，但才剛打好底稿，顏料就用完了。

這是……對了，這跟詛咒的痕跡很相似。想要把人類的外表改成其他事物，但在過程中力量就用盡的話，大概就會是這種模樣吧。

「黎……黎拉小姐，太近了！」

小貓的肚子猛然往黎拉臉上湊過來。

「啊，抱歉。」

看來是黎拉入迷地看著翠銀色眼眸之際，不自覺地拉近了彼此的距離。她就這樣臉貼著小貓（很溫暖）道了歉。

「那麼，黎拉小姐是什麼人呢？妳不是這個國家的人吧？是跟著從商的父母來到這裡的嗎？」

「嗯？唔……」

黎拉想了一下。現在的她到底是什麼人呢？

正規勇者的工作暫停了，她也不想特意自報身分，就算說了，眼前這名少女也不一定聽得懂，因此——

「就傭兵啊，或者保鏢之類的……嗯，就是那樣的人吧。」

「妳是說妳父親？」

「不，是我。」

「咦？」

愛瑪仔細地打量著她全身。

「……妳還是個小孩吧？應該沒比我大多少吧？」

「呃，是這樣沒錯。不過妳想想，通常面對小孩子都會掉以輕心吧？」

「可是，這種工作還是很危險吧？」

「沒事～沒事～我很強的。」

黎拉露齒一笑。

她認為自己到目前為止都沒有說謊。雖然這部分的內情並不能用一句「很強」來概括，但意思上應該還算吻合。

「哎，這世上真的是什麼人都有呢。」

她佩服似的這麼說完，又接著道：

「那麼，要是我下次遇到了危險，妳會來救我嗎？」

「……這很難說耶～畢竟是做生意嘛～我總不能隨便開空頭支票吧～」

「啊，這樣喔。那大概要付多少呢？」

「很貴喔～？」

黎拉半開玩笑地答道，不過她也在想，如果真要開價會是多少？正規勇者的職責是解決人類的敵人，不能為了守護特定對象而戰。如果改成私下收取報酬的話，不曉得行情大概多少才合理。

「沒有友情價嗎？」

「啊～也對呢。那到時候我就算得便宜一點吧。」

「太好了。」

一隻貓挨近黎拉腳邊。

你這傢伙想幹麼？難道是企圖討好我，以便主人談價嗎？我可沒天真到會被這麼簡單的諂媚方式給籠絡。要是想殺價，就拿出真本事來取悅我吧。來來來，快一點。

小貓「喵～」了一聲。

「妳會暫時住在這個國家嗎？」

「咦？喔～應該吧。我不太確定事情什麼時候能做完。」

撇開個人好惡，她還是對艾德蘭朵的本領有信心。不過，難題就是難題，她沒辦法講得太樂觀。

「那妳下次再來陪我聊聊吧，我想聽妳說說妳的國家。」

「啊，這個……嗯。」

儘管黎拉有點猶豫，最後還是點頭答應。

「好，我近期會再過來。」

「嗯，約好了。」

愛瑪微微彎起翠銀色的眼眸，開心地笑了。

6. 埃斯特利德工房

令她不甘心的是，黎拉·亞斯普萊所說的每一句話都是正確的。

而且謊言被識破，被人當面指正之際，她完全無法反駁。

——其實妳內心恨不得立刻長出尾巴撲過來吧，艾德蘭朵。

是啊，那是當然的。

極位古聖劍瑟尼歐里斯。

世上所有「聖劍」的原型之一。

人類嘗試用自己的雙手去模仿、仿製它們，由此誕生出「聖劍」的概念。耗費數百年光陰，聖劍才在世間勇者們之間普及化——儘管如此，現在仍未正確造出仿製劍。

瑟尼歐里斯是目前最強的聖劍，能與其相提並論的只有同為極位古聖劍的劍。

身為一名技術人員，她不可能不感興趣。

†

「調整開始。」

她一邊低喃著，一邊用稍微激發過的觸媒石碰觸劍身中間。

喀！隨著一道像是拆開積木玩具的輕響，構成劍身的一塊金屬片飄浮起來，在空中滑行，往稍遠處的半空中移動，發出清脆的金屬聲。

其他金屬片稍遲過後也跟了上去，響起四十一次金屬聲。瑟尼歐里斯的碎片遍布了埃斯特利德家族的工房，好似星空般熠熠生輝。

艾德蘭朵轉著頭環視那片星空。

「……哇，這是怎樣！咒力線幾乎要被詛咒吞噬殆盡了耶。脊髓經路也差不多要澈底腐爛了！騙人的吧，都變成這樣了，為什麼還沒有自然瓦解？」

她纖細的指尖撫摸著留在手邊的水晶片。

「粗略看下來……感覺很普通。不對，說是比較簡單的種類也不為過。」

聖劍這種武器的構造和一般的劍大相逕庭。

它們並非將液態金屬倒入鑄模來製造，也不是用鐵砧和鎚子敲打鍛造；而是集結數十塊大小各異的護符用咒力線束在一起，綁定成劍身的形狀。被強行合為一體的護符們會干涉彼此，引發計算中的脫序現象，進而發揮出與原本截然不同的功效。

這個原理瑟尼歐里斯也相同。畢竟後續的聖劍都是仿照瑟尼歐里斯的構造，理所當然如此。

「不對，倒不如說缺了些什麼……看起來似乎不足以組成聖劍……但它就這樣完成了，究竟是怎麼回事……」

她怔怔地環顧周遭。

「叔叔？怎麼了嗎？」

她發覺身旁的男人始終沉默不語。

「沒什麼。自家引以為傲的天才技師正在進行分析，我這樣的人也不需要特別補充些什麼吧。」

「話是這麼說沒錯啦，但一個人默默受到震撼也很寂寞耶～」

「這就是所謂的才能。凡人所能做的只有不要亂插嘴，以免干擾到人家的專注力。」

「……唔嗯。」

聽到約書亞裝糊塗似的這麼說著，艾德蘭朵也沒辦法再要求他什麼。

「能洗淨嗎？」

「有效力的咒力線不夠，正攻法恐怕行不通。有兩處……不對，有四處必須同時更換。我現在知道帝都的工房為什麼要放棄了。」

「前提就不必確認了。能洗淨嗎？」

他重述剛才的問題。

「可以喔。由我來做的話。」

她的雙手往前伸直攤在桌上，仰頭看著天花板答道：

「這就是你想聽到的吧？」

「對……沒錯。」

約書亞點點頭，以讀不出情緒的嗓音回應。

「畢竟極位聖劍真的很難處理。妳能順利完成就好。」

「嗯？」

她覺得他的說法有些古怪。

他並沒有特定指瑟尼歐里斯這一把劍，而是極位古聖劍這個類別，簡直像是其他古聖劍也包含在內似的。

她沒聽說過有那樣的事，所以大概是她想多了吧。

「只要確定可以順利進行，接下來就可以放心交給妳了。我先回事務所了。」

「嗯。我要窩在這裡一陣子，所以文書工作之類的全都拜託你嘍。」

「看妳說得這麼開心，我也拿妳沒辦法。」

約書亞露出苦笑，如同剛才所說的離開了工房。

——她覺得很怪異。

聖劍是「只有被選中者才能使用」的武器。至於「被選中」的標準，似乎是以聖劍特有的某種標準而定，一般人不太能理解。

完全無法使用的人占絕大多數，而能夠使用的人也分成很多種，例如勉強能使用低階聖劍的人、使用中階聖劍沒問題的人，以及高階聖劍也能運用自如的人。據說這部分與男女性別、年齡差異及經驗多寡完全無關，大致上是出生時就確定，無法靠後天訓練來改變。雖然曾發生過這方面的資質產生變化的罕見例子，但那些人幾乎都經歷過脫胎換骨般的戲劇性體驗。

瑟尼歐里斯等極位古聖劍則是其中的例外。倒不如說，在眾多聖劍之中，這五把不符合現有法則的劍才正是極位古聖劍。

它們與其他聖劍的資質無關，各自具有獨立標準，或者稱為對使用者的喜好。雖然具體詳情尚未弄清楚，但根據傳言，莫烏爾涅只有前任使用者由衷信賴的夥伴才能使用，西連只有在特定彗星現蹤的夜晚誕生的人才能使用，瑟尼歐里斯只有具備勇者風範的勇者才能使用。

至今為止，有許多人抱著「什麼叫做具備勇者風範的勇者？」的疑問挑戰了瑟尼歐里斯，然後遭到拒絕。據說就連歷代正規勇者之中，也只有寥寥數名獲得了使用它的資格。

到這裡為止都沒什麼問題，重點在後面。

「難道說……這把劍本來就是瑕疵品嗎……」

構成瑟尼歐里斯的護符數量為四十一塊。然而，按照艾德蘭朵的分析，作為控制核心的水晶應該要有四十二個零件。瑟尼歐里斯若要發揮出聖劍的功能，還需要一塊護符，或是相當於護符的其他零件——

背後響起輕輕的敲門聲。

一開始敲了三次，隔一會兒又敲了兩次。

艾德蘭朵謹慎地緩緩環視工房。

確認四下無人。

「門下面。」

她低聲拋出這句話。

緊接著，一個薄薄的信封從門下的縫隙塞了進來。

門外的氣息逐漸遠去。

「我才剛想把注意力集中到這邊耶。」

她站起來，擱下保持分解狀態的瑟尼歐里斯，走過去撿起信封並檢查內容物。

「但這件事也不能再拖下去了。」

信封裡的第一張文件上畫著黑貓剪影，只有微笑的嘴巴是白色的；第二張以後則是附有簡單肖像畫的幾名巴傑菲德爾市民的個人資訊。

這是笑面貓的調查報告。

「——本來就在懷疑了，看來這孩子果然是關鍵，而且對方也察覺到了。既然如此，要馬上採取行動嗎？還是說再等待一下時機呢？」

迅速翻閱完畢後，艾德蘭朵將文件連同信封一起丟進壁爐。它們轉眼間便失去原形，化為灰燼。

她注視著火焰，臉上泛起隱約笑意。

「做壞事理當先下手為強——對吧？」

X．神片精靈凱亞奈特的願望（1）

這是年代久遠的故事。

從所有紀錄中消失，亦從所有記憶中遺落——

一段很久、很久以前的往事。

†

世間萬物皆有其存在的理由——

其實，這一點無人知曉，但至少那個精靈是如此。夙願是支撐著祂存在的理由，同時也是目的及意義。

祂是願望的精靈。

蘊藏著後世稱為實現願望型（Realizer）能力之類的現實竄改能力，存在目的只在於行使此能力的一種精靈。

『——抵達魔窟深處找到吾的你，有資格行使此力量。』

精靈肅穆地宣告著。

『說出你的願望吧，年輕人。任何願望吾都會答允。』

精靈很了解人類這種生物。在擁有肉體的各種生物之中，人類是充滿慾望的菁英種族，擁有各種不同的慾求。從食慾、睡眠慾這些基本的慾望，到追求異性、渴望他人認可，有時甚至只是想把別人踹下去的慾望。

因此，祂非常確定沒有人抵擋得住這種誘惑。

「唔啊～」

果不其然，那名青年用帶有倦意的疲憊眼神瞥了精靈一眼。

「我現在很忙，下次再說吧。」

他撇過頭，這麼答道。

『……慢著，你是什麼意思？』

「沒什麼意思啊。該怎麼說好呢，萬一找不回那個叫太陽什麼什麼的祕寶，我就不能離開這個魔窟。我蹲在這裡三天都快累死了，真想趕快結束工作回去吃個燉菜睡覺。」

『太陽的七光石嗎？吾想它應該是被住在深處的琥珀獸拿去當窩了。』

「哦，真的嗎？謝謝祢提供消息，幫大忙了。」

『唔……嗯，不必言謝——』

青年踏著輕快的腳步從精靈旁邊穿過，往深處前進。

『——不對！等一下，給吾站住！願望，說出你的願望！』

「啊？」

青年看似嫌麻煩地轉過頭來。

「就算祢要我說，我現在也沒有特別想要的……啊，既然祢剛才把我想知道的消息告訴我了，就把那個當作是我的願望吧。」

『不成！這豈不是完全沒有用到吾的力量嗎！能不能許一個必須驅使神祕力量才能達成的願望啊！』

「就算祢這麼說……這種事情沒辦法立刻想出來吧。」

『這點小事而已，立刻給吾想一個！你是人類吧！』

精靈終於意識到有哪裡不對勁。所謂的人類，理應就像熬煮慾望後用明膠凝固起來的生物。稍微用刀刺一下，流出來的不是血肉，而是滿滿黑濁的願望。

然而，眼前這名青年遲遲沒有展現出那樣的內在。

「人類各自也有擅長與不擅長的東西啊。抱歉，祢找別人吧。」

『吾去哪找別人啊？到目前為止能夠到達此地的人類，除了你之外再也沒有了！』

「……嗯，或許是這樣沒錯。」

『力量如何？吾能賜予你超越全人類的最強力量。』

「喔，我的力量已經夠強了。」

『財富、名譽、聲望或理想的女人，你想要什麼都行。』

「那種東西要是依靠別人來取得的話，人就會變得墮落啊。」

『吾讓你現在立刻回到地上，別說燉菜了，吾能賜你一頓豪華大餐。』

「吃得太奢侈我會拉肚子的，因為我是窮人胃。」

祂說一句，他就頂一句。

「更何況，我一開始不就叫祢把願望保留下來嗎？要實現我的願望至少先把這句話聽進去吧。不過，如果這樣就算實現願望也可以喔。」

『別開玩笑了。』

祂又不像卑鄙的惡魔會去抓人的話柄，做那種事沒有意義。不讓某人因為實現願望而對改變後的現實感到滿足的話，有負於願望精靈的存在意義——或者說有失尊嚴。

「那麼就等我一段時間。反正祢在這裡已經等了幾百幾千年了吧？再等個幾年應該也沒差。」

『確實如你所——且慢，你是打算讓吾等上幾年嗎？』

「這種小細節你就當耳邊風吧。」

『哪裡算小細節啊，你真的是壽命正常的人類嗎！」

實現願望型能力。

如同字面上的意思，是將願望原封不動地化為現實的神祕力量。

需要特別著墨的部分在於，這種能力不需要原由和過程。舉例來說，若是有「想讓那傢伙摔倒」的願望，一般人就會編個草繩拉成一直線來絆倒對方；縱使是懂得施展魔法或咒術的人，也得讓對方出現腳踝麻痺或失衡等現象，間接性地達到目的。換句話說，大家會設法創造出「摔倒」的原因來得到結果。然而，使用願望成就型能力完全不需要這些準備。即便對方正在睡覺或在空中飛翔，也會毫不留情地陷入「摔倒」的狀態。

按理論來說，這被視為一種肆意妄為地覆寫這個世界的能力，類似於星神（Visitor）創造世界之力的一抹殘香。

從前能夠實現一切願望的霍克斯登始祖神像碎成七百二十六塊後，最後一小塊作為右眼的碎片就是這個精靈。即使與過去相比微不足道，但祂身為司掌實現願望型能力的精靈，保有最低限度的力量。

實現主人的願望是祂們的存在理由和意志。如果不能實現這個目標，祂就對不起既是前輩也是同胞的另外七百二十五塊碎片——祂是如此認為的。

『將你的名字告訴吾。』

「……呃，你是在許願嗎？這樣也算？」

『不是。總是你你你地叫很不方便，所以你得告訴吾要怎麼稱呼你。這件事與吾的力量無關。』

「什麼啦，祢想跟著我喔？」

『那是自然，事到如今可不能放你逃走。以吾名凱亞奈特與始祖神的聖光起誓，吾必定會實現你的願望。』

「還趁亂自報名字啊，沒想到祢還滿精明的。」

『好了，你也報上名字吧。吾說了不想你你你地叫來叫去，懂了嗎？』

「祢是不是很樂在其中啊？」

男子嘆了口氣，回頭看著名為藍晶石（凱亞奈特）的精靈，然後說道：

「我沒有名字，很久以前就沒有了。周圍的人們都叫我『勇者（The Brave）』或『識古者（Senior）』之類的稱呼。」

『……就算當作外號也相當古怪呢。』

「可別這樣叫我喔，我其實還滿介意的。」

青年一邊發牢騷，一邊再次邁開步伐。

精靈輕飄飄地浮現出物質體，緊追在青年身後。祂離開長年委身的魔窟深處，開始探索一個人類的人生。

兩人（能否算成兩人是個難題）就這樣踏上了旅程。

†

這是年代久遠的故事。
當時還沒有守護人類的勇者此一概念。
亦沒有任何能夠成為人類對抗強敵之力的聖劍。
一段在黃昏的時代中，確實存在過的故事。

「海島上的事物」

-in the heart of the sea-

1. 第四天的早晨

她覺得自己應該作了一個美夢。

因為甦醒的瞬間，她的心情就好得不得了。

「…………」

臉頰上有某種柔軟的觸感。

她迷迷糊糊地睜開眼，發現自己正抱著布偶的肚子。她入睡時明明是抱著胸部，看來是在無意識中改變了睡姿。

「…………」

算了，無所謂。

布偶的材質應該很好，從臉頰傳來的觸感讓她覺得相當舒服，或許也是因此才作了美夢。儘管她對布偶的設計——外形為黑髮少年——有一點點不滿，但也不是不能抱著寬容的心睜一隻眼閉一隻眼。

「……………耶嘿。」

她一副傻笑到口水都要流出來的表情，用臉頰往布偶蹭了又蹭。

這時，她對上了席莉爾的雙眼。

「……………」

「原來妳已經醒了啊。」

還是那張看著無聊事物的表情，再加上淡然的嗓音。

「呃。」

「因為敲門也沒反應，我就進來了。」

「……不是的，呃，這是……」

「太陽已經出來了，去吃早餐吧。我在樓下等妳。」

「砰」的一聲，門關上了，席莉爾的身影消失。

她用完全清醒的眼睛環視周遭確認狀況——狀況當然沒有複雜到必須再次確認的地步，但她就是習慣這麼做。

這裡是埃斯特利德家族為她們在旅館安排的其中一個房間，寬敞但不至於空蕩，簡樸但不至於怠慢，豪華但不至於低俗。單人床對十三歲少女而言相當大，她就這樣在床上捲著白色床單展現出自己的醜態。

她的臉龐滾燙無比。

「唔啊啊啊啊！」

她噗嘶噗嘶地捶打著布偶，一副「都是你的錯！」的模樣。要是使出全力肯定會把布偶打到粉身碎骨，她自然知道要控制力道。在那宛如碰觸到羽毛一般纖細的觸感上噗嘶地打著，布偶的臉皺成一團，感覺像在絕望地喊著：「喂，住手啊！」少囉嗦，給我閉嘴，我管你那麼多，反正全都是你的錯啦。噗嘶噗嘶噗嘶。

唔啊啊啊啊啊！聲聲吼叫隔著門扉從背後傳來。

「小鬼頭。」

走廊上的席莉爾重重地吐出一口氣。

†

——自從來到巴傑菲德爾國之後，這已經是第三個早晨。

她們在旅館附近的咖啡廳吃早餐。

有麵包、生菜沙拉以及裝滿整籃的炸小魚。黎拉頂著吃得有點撐的肚子，在早晨的街上走著。

「妳好像沒什麼精神？」

想起不久前的事情，黎拉的肩膀微微抖了一下。

「咦？」

「雖然妳今天早上看起來也不是沒食慾，但跟昨天之前相較之下……」

她平時都是在帝國，而且主要生活圈都在中央地區，很少有機會吃到魚，更別提吃到新鮮的了。她每天都會把握機會吃得比平常多一點。

與之相比，今天早上的她或許確實比較克制。

「不不不，沒那回事啦，我超有活力的。現在要我一拳打爆大地也沒問題喔？」

「那會造成天大的麻煩，請妳住手。」

當然她並沒有這麼做的打算。雖然要做的話應該也做得到就是了。

「那麼，回到剛才的話題。」

「什麼話題？」

「我是指——今天要做什麼？」

剛才有談到這個嗎？她都沒聽進去。

「埃斯特利德會長說瑟尼歐里斯的淨化開始了，過一陣子才會結束，要我們隨便找事情打發時間。」

「嗯，只能按照她說的做了吧，我並不反對。」

黎拉邊走邊舉起雙手，「唔嗯」地大大伸了個懶腰。

「既沒有我必須討伐的怪物，料理也很好吃。哎，今天的世界依然閃耀動人！」

「妳的世界真簡單啊。」

席莉爾嘆了口氣。

「那麼，今天就先觀光吧。離開埃斯特利德的地盤會很麻煩，真要說的話，我還滿想找個熟悉這一帶的導遊。」

「妳真的很有閒情逸致呢。」

「難道妳打算叫我乖乖窩在旅館裡嗎？」

「我不管了，妳自己保持分寸看著辦，總比逃跑好得多。」

席莉爾又一次嘆氣。

「話說回來，所謂的勇者沒有每日修行之類的嗎？這一路以來，我從沒見妳有在做什麼比較特別的事情。」

「嗯？這個喔，師父說過，要是我以人類的身分做太多努力的話，『超乎常人』的部分會逐漸變稀薄。」

「喔……」

席莉爾一臉似懂非懂的模樣。

「不要擺出那種表情啦。我自己也覺得這聽起來很詭異——」

歡笑聲傳來。

她們看到一處地勢比周圍低上一截的廣場，許多人聚集在那裡。

數以百計的男男女女坐在有點老舊的木造舞臺前的簡素椅子上，人聲鼎沸，大家都一副浮躁的模樣。

「這在做什麼？」

黎拉停下腳步，從防止行人墜落的欄杆上稍微探出身子，俯瞰下方的舞臺。儘管以角度而言不太能看到全部，但至少還是能觀察這些人在做什麼。

「妳這樣很危險。」

「沒事～沒事～那裡有戲要上演嗎？不對，應該是早上的拍賣市場？」

「喔，那多半是……」

一名穿著純白衣褲的禿頭男人從舞臺側邊現身，正結結巴巴地說著什麼。從他不習慣說話這一點來看，大概不是演員或主持人。

「……奴隸市場吧。」

「啊？」

席莉爾口吻雖然平淡，卻是語出驚人。黎拉看了一眼她的側臉，又把視線轉向下面的舞臺。

「咦？妳說那個嗎？是人口販賣的現場？這個國家允許這種事情？」

黎拉的故鄉沒有這種制度。

帝國從前也有同樣的制度，但約莫二十年前已經徹底驅逐掉了。當時自然是打著違反人道主義的口號，但理由應該不止這個。最有力的觀點是，在吸收周邊小國拓展領土之際，奴隸制度會導致臣民有階級觀念而影響治安，才會將其廢止。

對於人治國家而言，不把人當人看的風俗習慣會產生深遠的不良影響。在封閉的社群中或許比較容易維持下去，然而人類的生活圈如今已擴大，風氣變得更開放，封閉的社群也不符合現實。

當然，人類的歷史是黑暗的。縱使檯面上根絕了，但或許正因如此才無法阻擋黑市交易。黎拉自己也一度待在帝國的黑暗處，協助摧毀人口販售組織，當時多少吃了些苦。

「……妳好像有些誤會。」席莉爾繼續說道。「這應該跟妳想像中的『奴隸』有些不太一樣喔。」

舞臺上正在進行拍賣。

有客人舉起手說了些什麼，又有其他客人舉起手也說了什麼。在舞臺側邊負責引導這一切的矮小男性與其說是奴隸商人，不如說只是僱來讓拍賣會進行下去的工作人員。

最後似乎是一對老夫婦標到了男子，只見臺上的男子深深一鞠躬，隨著老夫婦一同退回內側的小屋。

「這裡是遇難者、遠洋漁夫、海軍和海賊們的良知混雜在一起的地方。固然是用金錢奪走一部分自由，但並沒有奪走身為人的權利與尊嚴。」

「妳懂好多喔。」

「因為有調查過。」

下一個站上舞臺的是一名年輕小姑娘。她活潑地揮舞著雙手，宣傳自己是多麼有用的人，像是會掃地、洗衣、捕魚還有捉老鼠，而且一天能吃到三餐就不會偷吃點心。

「工作期間會發薪水，把那些錢存起來也能給自己贖身。萬一受到非人道的待遇，主人還會被告，所以比較像是一開始先支付一大筆金額所僱用的僕人。」

「……是喔～」

黎拉聽完還是不太能理解。不過，眼前正在進行的商業交易，確實跟她印象中的買賣奴隸那種昏暗的氣氛截然不同。

「據說有的奴隸獲得主人的賞識，直接被收為養子了呢。」

（也就是說，這個制度運行得很好。）

儘管依然是販賣自由的行為，從人道的角度來看也不是值得讚許的制度，但這是因為她在種種事情上都代入了帝國那邊的思維。這個廣大的世界存在著形形色色的思維，在對事情的接受度上，有多少人就有多少種不同的標準，外人不該用狹隘的見識來評斷善惡。

「世界好大啊。」

黎拉微微後仰，離開了欄杆。

「再補充一點，聽說不能把奴隸帶離巴傑菲德爾。如果想買兩、三個美少年帶回家的話，那是不行的。」

就在黎拉正要回答「才不需要呢」的時候——

「咦？妳要買奴隸嗎，黎拉小姐？」

一張熟悉的臉孔突然從旁邊探出來。

那雙彷彿盈著水光的翠銀色眼眸，正綻放出淘氣的光采。

愛瑪．克納雷斯。幾天前見過的少女又出現在眼前。

（……嗯？）

有一股不對勁的感覺。不對，是預感。

類似於焦躁感，既奇異又古怪的微小衝動。

她想，應該是錯覺吧。

「妳最好考慮清楚唷。締結奴隸契約時要向國家提交文件，上面可是針對買方寫滿了嚴苛的規定，違規是要坐牢的喔。」

「不是啦，愛瑪，事情不是妳想的那樣。」

黎拉沒時間對突如其來的重逢感到驚訝，也無暇對奇怪的直覺感到困惑，不然就要產生不得了的誤解了。她連忙搖了搖手。

「我真的不需要什麼美少年啦。我不是要自誇，其實我不太會養動物，而且真要養的話，我一定會優先選擇強壯或耐操的。」

她搞不清楚自己在說些什麼了，也察覺到自己辯解的時候弄錯了方向。

「我知道啦，黎拉小姐，我只是在開玩笑。」

「我想也是。」

她放心了。

「畢竟妳心中有個很在意的『熟人』嘛。」

「妳這個也是誤會喔！」

還是無法放心。

黎拉心想必須解開這個誤會而再次開口之際——

「嗯？這位是妳的朋友嗎？」

席莉爾從旁邊插話道。

「明明是遙遠的異國之地，妳什麼時候交到了朋友呀？」

「您是黎拉小姐的同伴嗎？初次見面，我叫做愛瑪。」

「哎呀，妳太客氣了。我是席莉爾，擔任她的臨時監督人。」

「咦？呃……臨時……什麼的……？是這樣嗎？」

「就是這樣的工作。」

「真可惜，原來一起來的是女性呀。虧我還期待來的是傳說中的『熟人』呢。」

不不不。

「一碼歸一碼，我可沒有很在意他啊！」

黎拉忍不住插嘴這麼說道。

「妳這種說法才可疑唷。」

「妳們兩位的感情似乎很好的樣子。」

席莉爾看向她，一臉「解釋一下」的表情。

黎拉搖搖頭表示「真的沒什麼」，放棄了解釋。

「唉……先別管席莉爾了，妳今天是出來買東西的嗎？」

黎拉打算轉移話題。

「啊，是的。今天有客人要來，所以我想準備茶點。」

「真可惜。」

「可惜？」愛瑪偏頭不解。

「我們兩個今天剛好有點空，機會難得，本來想找個當地人帶我們在這附近逛逛。」

「啊！」愛瑪會意了過來。「這樣的話，妳們願意等我一會兒嗎？客人還有一段時間才會來，在那之前我可以陪妳們走走。」

「好！」

「啊，可是……」

她有點不好意思地垂下頭。

「我在這裡沒有什麼常去的店，很抱歉。」

那我把手上的東西放在小屋裡，馬上回來——愛瑪這麼說完，便小跑步離開了。

「請妳不要隨便決定今天的行程。」

「嗯？妳有其他想做的嗎？」

「沒有，但我不是這個意思。而是妳的決定下得太倉促了。有什麼讓妳覺得著急的事情嗎？」

有……不過，好像也不能如此斷定。

她想到的是剛才那股怪異的感覺。

「只是有點不好的預感。」

「預感。難道是那個嗎？聽別人說是僅限勇者才能繼承的預知未來的魔法。」

「不是，差太多了。」

嚴格說起來不算魔法，不過那種技能確實存在。一種透過俯瞰時間來獲得先見視野的戰技。

然而，這次的預感並非建立在那種明確的原理上。

「我就是覺得……有一點在意她。不行嗎？」

「不是的，我的意思不是不行。倒不如說，正因為我也很在意——」

席莉爾推了推眼鏡。

「不，應該是我多慮了。希望她能告訴我哪間店的酒比較好喝。」

「妳在對一個小孩子期待什麼啊。」

「在這個國家，未成年飲酒是合法的，畢竟這裡的地面湧不出水。酒可以取代水來飲用，而且也方便貯存。這麼方便的飲料不可能設有年齡限制。」

這女人用淡然的語氣在講些什麼啊。

「算了——無所謂啦。」

她一邊發著牢騷，一邊看往愛瑪離開的方向，也就是她的小屋所在的方向。

胸口那股莫名的騷動既沒有膨脹，也沒有萎縮，就這樣一直盤踞在她體內。

†

——太陽昇起。

開始西斜。

儘管如此，愛瑪依舊沒有回來。

†

「不會吧。」

她這麼想著，來到了海邊的小屋。

門敞開著。

才踏進一步，便聽到喵喵的哀號聲，只見五顏六色的一團團毛球往屋子角落逃去。

「——愛瑪——？」

小屋空間不大，房間只有眼前這一間，日用器具也壓在最低限度，沒有任何死角。再說，只要屋子裡有人在，不管是躲在背陰處還是隱藏氣息，黎拉都絕對不會漏掉。

有一些褐色的東西散落在地板上，那是撒出來的紅茶葉。

從茶葉的間隙中，隱隱滲出一道不顯眼、小小的——但很新鮮的血跡。

「愛瑪！」

比起彼落的喵喵大合唱讓房間一如既往地熱鬧。

唯獨任何地方都找不到黑髮少女的身影。

2. 埃斯特利德商會的內情

「到底要把那個小丫頭當會長到什麼時候啊？」

約書亞・埃斯特利德露出苦笑，聽著部下重複過無數次的抱怨。

「別這麼說。艾德蘭朵有充分的實績和才能，這才是最重要的。」

「但這不是你當不上會長的理由，約書亞先生。一個上位者該具備的實績和能力，你都勝過她才對啊。」

「……就算是如此。」

他斂起表情，讓喋喋不休的部下閉上嘴巴。

「身為組織的成員，有些話能說，有些話不能說。我可沒辦法贊同引發不必要風波的行為喔。」

「約書亞先生。」

部下支吾其詞，但依然說了下去。

「只要你願意站出來，大家都會追隨你的。」

「我目前沒有那種打算，到此為止吧。」

艾德蘭朵‧埃斯特利德的出身是個謎。

約莫六年前，埃斯特利德家族的前會長不知從哪裡把年僅十一歲的她帶回家裡，說是「私生女」。

他當時別說嫡子，連正妻都沒有，以致於這件事在周遭傳得沸沸揚揚。

巴傑菲德爾這個國家能夠存續至今，仰仗的是多個組織勢力之間勉強保持的平衡。組織的領導者「有家人」這件事，自然激起了大量的波紋。無數敵人自內外湧現，她的人身安全被盯上了好幾次。

到頭來，年幼的艾德蘭朵憑藉自身的實力保住了自己。

埃斯特利德家族的本業是護符工房，而她有技師的才能。她個性開朗討人喜歡，為工房帶來很大的宣傳效果。她的表現讓工房的業績節節攀升後，最起碼減少了組織內部的公開批鬥聲浪。

她繼承會長之位時同樣引發巨大騷亂，過著每天不分晝夜都有性命之虞的生活。如今穩坐副會長位置的約書亞，當時也是與艾德蘭朵對立的其中一人。

最終是約書亞統領整個對立勢力加入艾德蘭朵麾下，為這場騷亂劃下了句點，而這是距今才半年前的事情。

因此，他周圍對現狀感到不滿的人並不少。

最了解這個家族，並且奉獻最久的人才應當成為主事者——他們如此主張著，絲毫不肯退讓。這不僅僅是因為約書亞聲望高，有些人對於女性成為組織的領導人感到抗拒，有些人則無法忍受自己要服從一個十七歲的孩子，每個人都持差不多的意見。

「——若是不能服從會長的話，那就唯有離開組織一途了。」

正因為約書亞自身如此宣布，並持續支持著艾德蘭朵，埃斯特利德家族這個組織才能以現在的形式維持至今。

這裡的正式名稱是綜合事務長室。

通稱副會長室。如同其名，是商會提供給歷任副會長的個人辦公室，實質上則宛如約書亞的私人房間。

他踏進這間有點凌亂的辦公室，反手把門鎖上。

接著，他撓著頭走向自己的桌子——途中，他停下腳步。

窗戶開了一條細縫。

他從手邊的書架上抽出一本書，朝窗戶走過去。

「——我不是說過別接近這裡嗎？」

他一邊假裝在看書，一邊低聲向窗外悄悄說道。

「現在有情報想立刻賣給你，約書亞·埃斯特利德。」

那聲音聽起來像是在耳邊竊竊私語。這是這名情報販子一族流傳下來的特殊發聲法，雖然可以降低被竊聽的風險，但生理上實在很不舒服。

「新鮮度即是情報的生命。以最高價計，現在直接說你要不要買吧，約書亞·埃斯特利德。」

「真是強人所難啊，你要我花大錢買一個內容都不清楚的商品？」

「我保證不管你花多少都很值得，約書亞·埃斯特利德。」

這根本不是在談買賣，再加上被連呼名字所引起的不快，約書亞感到有點惱火。但與此同時，聽到情報販子把話說得這麼滿，讓他也對商品的內容產生了興趣。

「……我買了。」

「果決無誤的判斷。你一定會感謝我的，約書亞．埃斯特利德。」

「吹噓就免了，快交貨吧。」

「艾德蘭朵．埃斯特利德出動私兵**關押**一個孩子，那是你以前在尋找的候選人名單中的一人。」

他一時之間無法理解這番話的含義。

當他精神恍惚似的沉默幾秒之後——

「你說……什麼？」

一張紙從窗戶的縫隙遞了進來。他顫抖著手接過那張紙，然後攤開。那是附近一帶的簡要地圖。其中一角，鮮少人煙的巷內建築物的位置上打了一個×。

「雖然他們似乎為了避免留下證據而下過一番工夫，但終究沒能逃過我們的眼睛。這足夠當作拉礙眼的會長下臺的利器了吧。那就隨你使用了，約書亞．埃斯特利德。」

窗外的氣息消失了。

約書亞靜默地盯著手裡的地圖。

半晌，他勾起嘴角——

「——真是個壞女孩啊。」

露出一抹微笑。

3. 無能為力的孩子

丟下「馬上回來」這句話，少女就離開了。
然後太陽昇起，開始西斜。
儘管如此，愛瑪仍舊沒有回來。

怎麼辦？
該怎麼辦才好？
黎拉表面上裝作平靜，腦中思緒飛快運轉著。
愛瑪說馬上回來，但她失蹤了。通往這裡的路線很單純，不太可能只是錯身而過，而且現場的痕跡一看就知道發生過糾紛，甚至還有血跡殘留。
黎拉環顧周遭，這間小屋本來就位於駁船的邊緣，離市區很遠。別說可疑的人影了，根本完全沒有人影。

她尋找線索，但找不到任何足跡，而室內一直是貓咪大玩特玩的地方，本來就凌亂不堪。她想找到抵抗的痕跡都很難。

她將手掌按在地上，闔起雙眼，調整呼吸，想像自己從世界中抽離出來，感覺就像是從外部俯瞰時間的流動。這原本是戰鬥中使用的預知術，據說原理近似於木片魔法那種祕術，也可以單純用來預測未來——照理說是如此，但她沒辦法順利掌握住未來的景象。

（是詛咒害的嗎？）

目前積蓄在黎拉體內的龐大詛咒，是類似加害別人的執念形成的情感集合體。即便無法直接傷害到黎拉自身，僅僅存在於體內，就封印了一切必須鎮定精神才能使用的技能。

怎麼辦？

該怎麼辦才好？

黎拉表面上裝作平靜，腦中思緒繼續飛快地運轉。換句話說，她完全是在原地打轉。

說到底，她究竟能做什麼？人們說她是年紀輕輕就擁有歷任中首屈一指實力的正規勇者，被吹捧成天才，精通古今東西一切武技，遇到再強的敵人都能輕鬆擊倒。

僅此而已。

她明知朋友一定出事了，卻束手無策。能夠拯救人類的正規勇者，所能做的也只有拯救人類。

這種事不是第一次。正規勇者是拯救人類的存在，拯救不了個人。她幾乎不曾親手保護住自己想幫助的人，以及希望平安無事的人。

她開始想哭了——在產生這種感覺的瞬間，點點淚珠就滾落了出來。

塞滿胸口的只有悔恨感。

席莉爾氣喘吁吁地衝了過來。

黎拉趕緊擦擦眼角，藏起淚水。

「妳別突然跑掉啊，我差點就要跟丟了。」

她用一貫的表情這麼說道。

「…………」

「發生什麼事了嗎？」

黎拉聞言，沉默地讓出一條路。席莉爾探頭看了看小屋裡面，也許光是如此就猜到是什麼情況，只見她「喔……」地輕輕點頭，臉色依舊未變。

「原來如此。那妳接下來打算怎麼辦？」

「……隨便抓住附近的可疑男子逼問消息之類的。」

「好的，我知道妳表面正經，其實腦子一團亂了。請妳冷靜一點，勇者大人。」

腦子一團亂？席莉爾在說什麼？她現在就跟平常一樣，只是各種思緒不停在腦中打轉，沒辦法好好思考事情而已。

「這一帶本來就是埃斯特利德家族和賽斯家族勢力範圍的邊界，聽說兩大勢力在這裡持續對峙，彼此僵持不下。」

她是有聽說過，但沒聽進去就是了。

「既然如此，這附近有的是可疑的男人，隨手亂抓的話，有二分之一的機率會抓到埃斯特利德家族培養的部下。」

「原來是這樣。」黎拉思忖一下。「好，那就去逼問艾德蘭朵吧。」

「妳從哪得出的結論啊？」

「死馬當活馬醫，如果能問出什麼就賺到了。」

「好的，我知道妳表面正經，其實腦子亂到極點了。拜託妳冷靜一點，勇者大人。」

腦子亂到極點？席莉爾到底在說什麼啊？她現在就跟平常一樣，這可是真的。

「這個國家本來就沒有獨立的自警團，都是由統治各區的組織運用相當於自警團的團隊來維持該區治安。要是出了事情，通常只會通知賽斯家族和埃斯特利德家族，後續全部交給他們解決。」

「……這個……」

確實沒錯。

即便腦袋像是運轉過頭一樣，她還是明白這個道理。但是──

「事情發生在這種雙方勢力持續對峙的地方，不管是哪一邊的組織都沒辦法好好進行搜查的。」

「沒錯，這件事絕對會不了了之。」

「那果然還是由我──」

「我們什麼都不該做。」

席莉爾稍微提高音量說道。

「妳知道的吧？」

她知道。

她並沒有忘記。黎拉・亞斯普萊在這個國家的立場等同於外交官。若是輕舉妄動的話，無論她打算做什麼，都會被懷疑與她背後的勢力有關。

這個國家建立在多個勢力勉強保持的平衡上。現在是本來就不安定的天秤上又添加了黎拉這個特大號砝碼。這個砝碼要是喪失判斷力而衝動鬧事，瞬間就會打破這樣的平衡。

她的草率行為會造成許多不必要的流血衝突。

如果什麼都做不到，那就什麼都不該做。她覺得這麼說也有幾分道理。

然而——

「……唔！」

她一拳狠狠砸在腳邊的地面上。伴隨轟然巨響，彷彿遇到暴風雨的船隻一般，地面發生劇烈震盪，貓咪們騷動著再次逃進背陰處。

要是她抱著破壞的念頭打出這一拳，或許會在這一區開出一個大洞吧。然而，她只是焦躁之下隨便揮出了一拳，現在正火辣辣地發痛。

「會給這附近的人造成困擾的。」

「是啊。」

黎拉坐在地上，垂著頭答道。

就這樣陷入沉默。

只聽得到遠處的海潮聲和細微的喵喵叫聲。

「……真是的。看妳這副模樣，簡直被妳打敗了。」

席莉爾說了些什麼。

「平時以最強自居，一旦遇到應付不來的事情就變成這副模樣啊？是因為人生總是一帆風順的緣故嗎？」

「我想也是。」

她認為席莉爾說得沒錯。

但是，這能怪她嗎？

國家滅亡也是，發現勇者資質也是，繼承無敵武技也是，被瑟尼歐里斯選中也是，全都是她自己一個人。她的戰役得不到任何人的幫助，就連同樣冠以勇者之名的準勇者們以及卸任的前正規勇者也不例外，沒有一人強到足以和黎拉站在同一戰場上。

因此，所有的道路都是她自己一人開拓出來的。

因此，她從來只走在自己開拓的道路上。

「真是的，妳這小鬼頭就是令人傷腦筋。」

「我想也是。」

她無以反駁。在關鍵的時刻，她欠缺了關鍵的力量。面對不可理喻的世界只能發發牢騷，這種無能為力的醜態很適合出現在十三歲的小丫頭身上。

「…………啊啊，煩死了！」

咚！

有某種東西在黎拉的頭上彈了一下。

「咦？」

她抬頭一看。那應該是發怒的姿勢吧，只見席莉爾的身體往後傾，小小的拳頭正在顫抖著。

「妳……」

她似乎沒什麼動拳頭的經驗，看起來很痛的樣子。

「妳真是不懂，太無知了。」

總覺得她的聲音在發顫。

「已經沒有能做的事了？無能為力了？我不曉得妳是誤解了什麼，但一般來說，小孩子的戰場就是**從這裡開始**的吧。」

她生氣了？

「席莉爾。」

「所謂的人類啊，再怎麼天才也不可能一個人攬下所有的事情。每個人多多少少會遇到自己做不到的事而低頭求助。除了妳以外的人都非常清楚這種挫折，無論是感到氣餒還是成功克服，大家都是這麼活過來的。」

席莉爾保持著後仰的姿勢，取出一本略大的書，靈巧地用一隻手翻頁。不一會兒，她似乎發現要找的內容，便用右手上的筆在沒沾墨水的情況下寫著什麼。

「妳在——」

「如果以小孩的手難以應付，就該借助年長者的力量啊！」

淡淡的光芒從書頁中流溢而出。

黎拉就這樣坐在地上，抬頭看著那個光芒。

咒蹟（Thaumaturgy）之光。

這是透過描繪特殊圖形的方式，將異常現象覆寫於這個世界的技術。人們試圖將太古眾神創造世界時所使用的技術重現於現代，結果誕生出這種神蹟的仿製品。

從書中釋放的光芒變成青白色的輝線，在虛空描繪出好幾幅複雜的圖畫。那些圖畫又綻放出新的光芒，而新的光芒又描繪出新的圖畫。

一陣迸發。

黎拉猝不及防，不禁閉上了雙眼。不知為何可以聽到身旁傳來大量的振翅聲。

光芒和輝線圖都消失得一乾二淨。取而代之的，是不知從哪兒出現的無數白鴿飛上了天空。

貓咪們發出「噫喵！」這種像是被踩扁的哀號聲，全都逃進了背陰處。

「咦……」

「我創造了幻獸進行廣域探知，直接追蹤脈絡尋找目標，而非肉眼可見的線索。反正距離應該沒有多遠，能夠以一定的精準度來縮小範圍。」

「咦……呃，咦？」

黎拉慢慢理解情況。

廣域探知？創造幻獸？

「咒蹟連這種事都做得到嗎？」

「嗯，沒錯。不過這是不外傳的國家機密。」

「……嗯？」

「因為這是會讓既有的大多數諜報技術遭到淘汰的戰略級祕術。僅僅是曝光就會讓國與國之間的關係變得相當緊張，更別說被發現在別國實際發動過的話，理當會演變成國際問題。」

「……嗯？唔，嗯嗯？」

黎拉感覺席莉爾這番話說得有點奇怪。

「可、可是啊，妳之前不是說過我的立場等同於外交官，要謹慎行事之類的嗎……」

「嗯，的確。不過呢，那種麻煩的立場是勇者大人自己的事情，我不過是一個名義上是隨從的自由人罷了。」

「會不會太強詞奪理了？」

「所以必須注意不要洩露出去。請妳要保密喔？」

席莉爾閉上一隻眼睛，但因為做得太笨拙，導致臉頰顯得很僵硬。

——黎拉傻眼到說不出話來。

「為何……妳……」

「什麼？」

「為何妳要做到這個地步？」

「唉……唉，真受不了。為什麼妳到現在還不明白呢？這個遲鈍的小鬼頭。」

席莉爾將手輕輕放在黎拉頭上。

「雖然我這個凡人只有年齡這一點贏過妳這樣的超級天才兒童，但年長者也有年長者的骨氣。在哭泣的孩子面前逞強一番是再正常不過的事情。」

「哭！」

黎拉急忙擦了擦眼角。

並沒有溼。席莉爾露出有些得意的笑容。

「……妳還是有可愛的一面嘛，勇者大人。」

「妳這傢伙！」

發了一次脾氣後，黎拉背過臉去。

「……謝了。」

她用小到聽不見的音量嘟囔道。

「不客氣。」

結果席莉爾迅速回了這句話。

「欸，我說妳啊，別人都講得那麼小聲了，妳應該裝作沒聽到才對啊。禮貌啊、形式美啊、體貼之類的，這些妳總該懂吧？」

「即便妳這麼說，事實就是我聽到了。」

席莉爾淡然說道，並聳了聳肩。

「……妳這人的個性真好啊。」

「很多人都這麼說。」

在那之後過沒幾分鐘，振翅的聲音又從空中降落。

鴿子們接二連三地落在席莉爾攤開的書本上，身體再次變回光芒的碎片。那些光芒在頁面寫下無數記號，彷彿在描繪一幅沙畫。

席莉爾瀏覽了一遍那些記號。

「因為被帶進屋裡了，沒有看到本人的身影。」

「什麼啦。」

黎拉垂下肩膀。

「虧妳還講了滿帥氣的一番話，最後卻是這種結果喔？說好的年長者的骨氣呢？」

「在無情的現實面前，任何精神論都是沒用的。」

「我不想聽妳胡扯了。」

「不過，就算這樣還是有得到線索喔。我找到把愛瑪小姐從這裡帶走的當事人了。就在離這裡不遠的地方，目前正在屋外移動。」

黎拉站起身。

「妳要做什麼？」

「把對方抓起來逼問消息。」

「好的，我知道妳充滿了幹勁，但麻煩冷靜一點，勇者大人。我這邊還有一個情報，妳最好聽一下。」

「……是什麼？」

「這個男人，我沒記錯的話，是艾德蘭朵・埃斯特利德的親信。」

沉默半晌。

「這樣啊。」

黎拉用力地點點頭。

「很好，果然該去找艾德蘭朵逼問消息的。」

她用同樣強而有力的語氣說出和剛才一樣的結論。

4. 睡眠不足的會長與貓咪們的餐點

她不喜歡隱瞞事情。

也沒有玩陰謀詭計的興趣。

但令人困擾的是，她並不是不擅長。倒不如說，她可以肯定自己對這些事很在行。

正因如此——艾德蘭朵才能在強敵環伺的世界生存至今。

「——腦袋好沉重——」

睡眠不足是美貌、健康、自由發想和精準作業的大敵。

儘管人人都明白這一點，卻都逃不了睡眠不足的命運。這就是人類這支種族永遠擺脫不了的業障之一吧。唉，星神啊，為什麼祢要把人類做成這副有缺陷的模樣呢？

諸如此類的哀天叫地完全不重要。

簡單來說，艾德蘭朵．埃斯特利德就是沒睡飽。

瑟尼歐里斯的淨化作業還算是順利，沒有任何延誤，也大致推算得出何時可以結束。只不過，超過半數的咒力線必須更換是一大難題，要是稍有修補就得花一段時間讓新零件磨合——因此，就算事情處理得極為明快，無論如何還是很耗費工夫。

她檢視鏡中的自己，看到一頭蓬亂的金髮、浮腫的眼皮，以及微抿的嘴角。

這可不行。艾德蘭朵沖了個澡，整理好頭髮，用稍微濃一點的妝遮掩眼角，然後咕嘟咕嘟地喝光一杯咖啡。

「好啦。該拿出拚勁了，加油！」

她回到作業場。瑟尼歐里斯的調整狀態已經解除，恢復成劍的形態。為了避免徒手碰觸，她用厚布——這塊布本身就是一種隔絕咒術干涉的護符——包起來安置在玻璃箱裡並上鎖。

這把劍必須在裡面靜置數小時。

而這件事，除了她以外誰都不知道。

因此，艾德蘭朵・埃斯特利德就算離開工房一陣子，也不會被任何人發現。

她穿上樸素的衣服，戴上毫無光澤的黑色假髮，再披上素色的兜帽斗篷。她拿起心愛的紅色手套——猶豫幾秒後戴上了。

接著，她從工房的後門神不知鬼不覺地溜了出去。

†

她敲了敲門。一開始是三下，等了一會兒後，再敲兩下。

沒過多久，門無聲地開了。

昏暗的室內有四名穿著黑色西裝的男人。

「——所以過程怎麼樣？順利嗎？」

艾德蘭朵問道，四人則互看了一眼。

「大致還算順利，就是出了點小差錯。」

「嗯？」

「原定目標是要通知她計畫提前，鄭重地把她請過來……但她抵抗得很激烈，說是有事在身，所以我們對她下了藥。」

「喔，原來是這種差錯啊。」

艾德蘭朵撓了撓臉頰。

「有受傷嗎？」
「她掙扎的時候受了輕傷，已經處理過了。」
「有目擊者嗎？」
「應該沒有，那裡本來就是沒什麼人會接近的郊區。」
「有留下痕跡嗎？」
「多少有一些。不過，看起來跟遭小偷差不多。」
「……那麼，目前還算可以接受吧，嗯。」
她承認自己的語氣有點不快。但人生在世，本來就不可能事事稱心如意，即使哀嘆著停下腳步，事情也不會有任何進展。
「我還需要一點時間。你們行事要謹慎，其他組織自然不必說，也要注意千萬別讓約書亞叔叔察覺到。」
「屬下明白……請收下這個。」
艾德蘭朵接過其中一名黑色西裝男遞來的文件。那是一份調查報告，內容是周邊各組織對於連續失蹤事件——「笑面貓」所採取的應對措施。她翻過畫有微笑黑貓剪影的第一頁，從第二頁開始瀏覽。

「賽斯家族的動向很奇怪啊，是二兒子發現了什麼嗎？」

「有這個可能。不過，應該還不到證據確鑿的地步。」

「那邊也是時間上的問題嗎……」

她撓撓頭，但假髮差點歪掉，於是連忙停手。

「正常來說，這是暫時要敵對的局面啊……姑且不談賽斯家族的人，這方面的常識不能套用在一般老百姓身上。考慮到近日可能會有相關人員遭到襲擊，暗中嚴陣以待吧。」

穿著黑色西裝的男人們之間竄過一絲緊張。

「明白了。會長的護衛工作就由我——」

「唔，我不需要。有多的戰力就去保護拜茲梅先生的家人，真要說哪邊會出事的話，應該是那裡。」

「但是——」

「放心啦，你們的會長可沒有外表看起來那麼脆弱喔。」

她用戴著紅色手套的右手開開合合地動著。

「——請問！」

一旁。

通往建築物深處的門邊傳來年幼少女的聲音。

穿著黑色西裝的男人們立刻轉向那邊，艾德蘭朵則竭盡全力抑制住內心的動搖。她維持背對的姿勢不去看對方，也不讓對方看到自己。

「不好意思。呃，雖然我還不清楚情況，但你們應該是搞錯人了。」

少女畢竟還是有些緊張，嗓子都尖了起來。

「我沒有錢，而且很久之前就跟家人分散了，你們抓我也拿不到好處。」

艾德蘭朵向一名黑西裝男瞟了一眼，用眼神詢問：『她怎麼起來了？』對方則回以『藥效似乎過了』的眼神。

『為什麼她能自由走動？』

『記得房間應該上鎖了……』

『你們用的該不會是那種便宜的兩段彈簧鎖吧？一般市井小孩可沒人不會撬開那種東西啊。』

『…………非常抱歉，就是那種鎖。』

眼神交流到此結束。

「那個！我不會告你們的，能不能讓我回家呢？還有人在等我。」

「——這是不可能的。」

艾德蘭朵沒有回頭，只是隔著肩膀答道。

她可以感受到少女——愛瑪·克納雷斯的氣息有幾絲困惑。

不過，她並未確認少女在困惑什麼，逕自道：

「我們沒有找錯人。出於一些原因，我們不能讓妳回家。如果不想受到驚嚇的話，能不能回房間去呢？」

「唔……」

少女垂下頭。

「那……至少，可以幫我兩個忙嗎？只要幫我轉達『很抱歉不能帶妳們四處逛逛了』這句話，然後餵一下貓咪就好。」

「我不覺得妳有什麼立場提出這些要求。」

「不行嗎？」

不是行不行的問題。

「……就是你了。」艾德蘭朵叫住右邊的黑西裝男。「照她說的去做。」

「啊？可是……」

她知道對方想說什麼。剛剛才確認過有痕跡留在現場，已知有一定程度的風險，卻又下這種指示徒增風險，實在不太恰當。然而──

「好了。二號街的角落不是有間小肉鋪嗎？去那裡買吧。她家還有小貓，記得把三分之一左右用熱水泡開。」

「哦……啊，沒什麼，好的。」

黑西裝男點點頭，離開了屋子。

「非常感謝，我放心了。」

少女鄭重地鞠了一躬，打算回房間。

「等一下。」

「啊，怎麼了？」

「我看妳還滿冷靜的，難道妳不害怕嗎？」

「……我看起來很冷靜嗎？」

為什麼她的語氣這麼疑惑？

「可能是因為我沒什麼留戀吧。眼睛都變成這樣了，沒什麼未來可言，也早就沒有會為我擔心的家人……貓咪們本來也就都是流浪貓，就算我不在了，牠們應該也有辦法活下去才對。」

她滿不在乎地說出這番毫無虛假的實話。

艾德蘭朵感到作嘔。

這名少女——愛瑪．克納雷斯才十一歲，這樣的孩子若是對未來懷抱無限美好憧憬也不為過。但是，她卻用如此雲淡風輕的口氣，道出對自己的人生沒有任何期待的話語。艾德蘭朵一時之間接受不了這其中的殘酷。

「嗯……」

艾德蘭朵微微擺了擺手，催促她回房。於是，少女行禮說了聲：「那我走了。」氣息便離開了走廊。一名黑西裝男也跟了過去。

艾德蘭朵用指尖使勁按著額頭。

「會長？」

「唔，沒事。」

她強作鎮定地答道，然後拉下兜帽，一頭金髮流瀉而下。

「雖然應該不用擔心，但你們還是注意一點，絕對不能讓她逃走。」

她沉下嗓子，冷冷地撂下這句話。

「還有，無論如何都不能讓叔叔——約書亞・埃斯特利德發現這件事，知道了嗎？」

†

從屋內走到外頭，陽光立刻刺進眼睛深處。

今天的天氣不知為何特別好。洗好的衣物應該很快就晒乾，田裡（儘管土地狹小，這個國家還是有田地）的農作物應該長得很好，基本是好事一樁，但對於不健康的身體來說有些吃不消。

「太煎熬了……」

「要休息一下嗎？」

聽到擔任護衛的黑西裝男如此提議，她搖了搖頭。

「不行，接下來要做的事情太多了。」

沒錯，現在不能拖延的工作堆得像山一樣高，等著她去處理。

更何況她還是擱下瑟尼歐里斯的淨化工作跑出來的。淨化工作不僅費時，也會消耗掉龐大的專注力，背地裡悄悄行動的同時還要兼顧這個工作實在非常辛苦。

她用斗篷藏住自己的樣貌，走在人煙稀少的巷子裡。

巴傑菲德爾是經由擴建和改建來創造出整片國土，地勢並非天然，因此錯綜複雜的道路本來就很多。只要仔細探查過地形，要掩人耳目地四處移動並沒有多困難。

「回到工房後，我給您準備一點涼品吧。」

「咦，真的？太好了！」

艾德蘭朵開心到打了個響指。

「那麼，我想要指定『青蘋果』的水果雪酪，整個系列我都要！」

「……呃，那間店好像有點遠，而且還是在其他家族的地盤上。」

「你就想想辦法嘛！反正我現在非常想吃那個啦！」

黑西裝男苦惱半晌，然後點點頭說：「我明白了。」艾德蘭朵又打了個響指說：「太好了！」有期待就會有動力。事不宜遲，她踩著明顯比剛才還要輕快的步伐，走在依然沒有人煙的路上。

——不對。

她停下腳步，

「唔。」

接著，她看向自己的右手，或者應該說看著包覆住右手的手套。

紅色的高級絲綢上綴著金線和寶石，既花俏又奢華，原本理應就這樣而已。

卻見繡在上面的金線在沒有反射陽光的情況下，兀自散發淡淡的亮光。她凝視著那閃爍的光芒。

一股類似惡寒的感覺襲來。

雲朵遮蔽天上的太陽，灰色的陰影籠罩住這一帶。

「怎麼了嗎？」

同樣停下腳步的護衛如此問道。

「『玫瑰』的敵意感知有反應。距離不遠，保持警戒。」

艾德蘭朵小聲答道。

護衛斂起表情，將艾德蘭朵護在身後環視周遭。這是一條沒有人煙的巷子，附近沒有任何人影。

——不對。

照理說，原本是沒有人在的。他們沒有掉以輕心，也沒有錯過什麼，一直都是邊留意邊前進。

沒錯，不可能有看漏的情形發生。要是如此重要的人物、如此危險的人物就在這裡，他們理應早就察覺到了。

「…………哎呀。」

艾德蘭朵受到對方的氣壓而後退半步，臉上浮現出微微抽動的笑容。

她感覺背上流著冷汗。

「勇者小姐，來這種地方有什麼事嗎？」

她試探性地向對方拋出一句玩笑話。

但沒有得到回應。

對方只是靜靜地站在那裡，渾身散發著一股危險的沉默。

而那個人，就是紅髮少女——黎拉・亞斯普萊。

5. 少女僱用的保鏢

黎拉深知這世上不如意事十之八九。

舉例來說，能力與理想的方向不一致、想法與時機錯開、環境與目的相互衝突等，各種例子多不勝數——總之世界就是如此，十三歲的小孩也能理解這個不言而喻的道理。

有了這層理解後，她還領悟到另一件事。

當一方進展順利時，與之相對的另一方必定會落入劣勢。到頭來，所謂的人類，就只是隨著自己在哪一方而忽喜忽憂的生物。

因此——

「——我贏了。」

她忍不住露出略帶諷刺意味的笑容。她現在位於「進展順利」的那一方，而對方——艾德蘭朵·埃斯特利德則是陷入令人看了都覺得可憐的劣勢。

「哦，呃，嗯，怎麼會在這種地方遇到妳呀？」

艾德蘭朵用奇怪的語調向她搭話，眼神飄忽不定。不過，她沒必要理會艾德蘭朵。她稍微移動視線，看清楚站在艾德蘭朵旁邊的人。

那是一個穿著黑色西裝的壯漢。姿勢、重心移動、表情等一切都莫名地難以留在印象中。恐怕是經由訓練習得的身體控制技術所造成的，而且熟練度高到能夠直接發揮在戰鬥中。能被樹敵眾多的艾德蘭朵選為外出時的護衛，想必是武藝超群的高手。

（就是這傢伙啊……）

黎拉瞇起眼睛，內心更加肯定。這傢伙是是席莉爾（的鴿子）鎖定的目標，也就是襲擊愛瑪並將其帶走的犯人。

「怎麼啦？勇者大人，這一帶很冷清，不適合來觀光唷。」

艾德蘭朵的視線飄向別處，並用指尖捲著自己的金髮，佯裝不解地顧左右而言他。

「如果迷路的話，需要我告訴妳怎麼走回大街嗎？」

「不用了，感謝妳的好意。我已經約好這裡的導遊了。」

儘管黎拉並不是有意為之，但她回答的聲音聽起來莫名低沉。

也許是因為黎拉有所回應而感到放心，只見艾德蘭朵放鬆了表情。

「是嗎？那麼——」

黎拉說了聲「所以」，打斷她接下來的提議。

「把愛瑪．克納雷斯還來。」

啪！

這句話直白到彷彿能聽到一針見血的聲音，艾德蘭朵不禁僵住。

「——呃……咦？」

定在原地的艾德蘭朵斜睨著護衛，用眼神詢問：『到底是怎麼回事？那兩人是怎麼認識的？怎麼會變成這樣子？我上輩子是造了什麼孽嗎？』

而護衛則面無表情地微微搖了頭。

「呃……」

艾德蘭朵勉強擠出笑容，用手指抵著下巴，偏過頭說道：

「妳說愛瑪？呃，我不曉得那是誰耶……」

艾德蘭朵想演戲糊弄過去，但臉上的動搖神色明顯到任何人都看得出來。

黎拉不發一語地往前逼近一步。

艾德蘭朵則後退半步。

她們兩人就這樣目不轉睛地盯著彼此幾秒。

「——唉，夠了。」

艾德蘭朵垂下肩膀。

大概是被逼到走投無路之後反而下定了決心，只見艾德蘭朵再次抬頭挺胸，把額前的髮絲撥到背後。

「我倒是有幾件事想先問妳。妳和她是什麼關係？或者應該說，妳跟她來往的時候是怎麼看她的？」

「嗯？」

黎拉稍作思忖。

「一個和貓住在郊區、沒什麼人類朋友、有點寂寞的女孩子？」

「大致上沒錯啦，不過，妳有資格說別人朋友少嗎？」

哼，少囉嗦。

「至於我和她是什麼關係，我們確實是沒有多深的交情就是了。」

她開始回想。

——那麼，要是我下次遇到了危險，妳會來救我嗎？

啊，當時那段對話剛好可以拿來用。

「……嗯，保鏢。」

「咦？」

「她拜託我在遭遇危險的時候把她救出來。雖然報酬還在交涉中，但也不能因為這樣就違背諾言，對吧？」

當然，這只是把短短幾句閒聊中的玩笑話拿出來硬辯的歪理而已。

但歪理也是理，就算沒辦法駁倒別人也沒關係。只要她黎拉・亞斯普萊能夠接受這是自己展開行動的理由，這樣就足夠了。

「……妳是什麼時候開始兼差的啊？」

不出所料，艾德蘭朵澈底傻眼了。

「也不是兼差啦，就順勢答應的。」

黎拉一邊不太認真地回答，一邊隨意地將左手往旁邊伸出去。

雖然她並沒有刻意在戒備著什麼，但正規勇者本來就不會犯下一般疏失。素質、訓練、反覆、實踐與日常生活。只要危機逼近，她的身體就會擅自行動起來。

她抓住飛來的某種細長物體，幾乎就在同時間——

喀鏗——

一陣刺耳的金屬聲。

發出聲響的當然不是黎拉手中的東西。艾德蘭朵的右臂往旁邊伸出去，也就是和黎拉相同的方向。那攤開的掌心中央，立著一支類似粗長釘子的東西。

形狀是機械弓（Crossbow）的粗箭。

從外觀來看，似乎不同於只是將輕量金屬倒入鑄模所製成的量產型粗箭。基本上，箭和槍彈這類兵器為了穩定飛行軌道，不會在表面鍛刻無用的凹凸紋路。但是，這支粗箭的側面刻滿了複雜的紋路，而且那些紋路還散發出詭異的青白色光芒。那恐怕與部分護符的原理相同，是能夠在發射後自行加速、提高威力的祕術紋路。

（——哦？）

本來的話，絲綢手套肯定擋不住這支粗箭，畢竟其威力就算連同絲綢一併貫穿皮膚、斷骨鑿肉，甚至一路撕裂到手肘也不奇怪。

然而，並沒有發生這樣的事態。

艾德蘭朵的手套上綴著的金線刺繡散發著淡淡光暈，射來的粗箭在即將接觸到手套表面之際，就在半空中遭到看不見的力量制住，呈現靜止狀態。

就這樣持續了幾秒。也許是施加的推進力已經耗盡，粗箭彷彿現在才想起重力的存在一般，當場咚地掉在地上。

「唔。」

黎拉再次確認自己右手抓住的粗箭。粗箭在手中顫動時，她就從那種觸感察覺到了，看來和艾德蘭朵的手套彈開的那支箭一樣，都是刻有紋路的粗箭。

「唔……」

她循著粗箭射來的方向看過去。這裡雖然不是開闊的場所，但視野並非完全受阻。她很快就找到了狙擊點位——在相隔兩個區塊的那端有一棟宛如監視塔的木造建築物，位置就在四樓左邊的窗戶。儘管狙擊手本人已經不見蹤影，不過從風向和角度來看，只能是那裡了。

「這是怎樣？妳指使的？」

黎拉暫且不管艾德蘭朵自己也遭到攻擊這一點，先這麼問道。

「才不是呢。不過……可能是我們家的客戶吧。」

艾德蘭朵依然站在原地，只有護衛移動步伐，試圖擋住彈道。

「妳平常做的到底是多惡毒的買賣啊？」

「啊，妳怎麼可以這樣講呢？我們家的非法勾當是不會傳出去的。」

「妳這番主張完全沒有要反駁的意思是吧？」

幾個男人從背陰處現身。他們用同款面罩蒙住面龐，反握著規格相同的灰色短杖，每個都不是門外漢——不僅如此，他們的實力顯然和只會打架鬧事的流氓不同。

這些人應該是圍毆專家，本質上不同於瞄準意識死角發動襲擊的殺手和以多對多戰鬥為主的士兵。他們是專門以多數優勢迅速圍攻少數對手的集團，相關技術與彼此之間的配合都有下過工夫。黎拉從他們身上感受到這樣的氣息。

「嗯……？」

艾德蘭朵蹙起眉頭，似乎有什麼想不明白的事情。

黎拉正要出聲詢問之際，那些男人便開始行動了。所有人幾乎在同一時間，但又稍微錯開一點，往她們兩人衝了過來。有人揚起短杖，有人橫掃過來，有人正面突刺，一行人配合得天衣無縫。

（嗯……不過也沒什麼大不了的。）

如果說他們是擅長多對一，那麼黎拉・亞斯普萊就是擅長以一對多，而且恐怕是前者遠遠及不上的密度。

黎拉隨意地將手裡的粗箭丟了出去。

其中一個男人反射性地將身體往左轉躲開，另一個男人則為了閃避而抽身後退，導致兩人的短杖改變軌道，差點刺中其他男人的側腹。那兩人稍微扭轉身體，避免傷到隊友。在黎拉的誘導下所產生的一連串動作，造成他們本來巧妙錯開的攻擊節奏全部同步了。

「嘿！」

黎拉右手輕輕一甩，擦過了男人們的下巴，同時奪走所有人的意識，然後這場不能稱之為戰鬥的戰鬥就結束了。她跳著閃過癱倒後堆疊在一起的男人們，稍微看了一下艾德蘭朵那邊。

艾德蘭朵像是在跳舞一般旋轉了起來。

禮服的裙襬輕輕飄飛揚。

「『停駐於絞首臺的灰色鴿子』，『獻給手術臺的橙色花束』。」

彷彿吟唱歌詠一般的施咒聲傳來。

這些詞語本身應該沒有意義，等於是預先規定好的一種暗號。但正因如此，這些詞語才能立即招來成果。

類似用臼齒咬碎冰塊的聲音響了兩次。

第一道施咒聲時出現在左邊，第二道施咒聲時出現在右邊。艾德蘭朵揮動左右手背，裝飾在手套上的寶石描繪出強光的軌跡。

她的手指微幅動著，讓金線刺繡稍微繃緊。伴隨著像是用指甲摩擦齒輪一般的細小聲響，寶石輕輕地振動起來。

她躲開一支揮落而下的短杖，利用右邊的手套化解一支的攻勢，再用左邊的手套彈開一支。在襲擊者和艾德蘭朵距離最近的瞬間——

「『點綴』。」

彷彿撒網般擴散的閃光。

宛如滾燙的油倒在鐵板上的聲音。

到此收場——手套釋放出人工雷電，將試圖包圍艾德蘭朵而散開的男人們一網打盡解決掉。

手套。

即便是對超乎常識的武器防具見怪不怪的黎拉，也覺得那是相當奇特的事物。如果是織入鋼絲提高防刺性能的手套，她倒是見過幾次，但那種手套看起來又重又厚，真要說的話，比較像臂鎧的一種。相較之下，艾德蘭朵的手套——

「……那個，該不會是聖劍吧？」

「不會吧，妳一眼就識破了？」

這好歹是企業機密中的企業機密，為什麼一看就發現了啊！艾德蘭朵驚訝不已，而她面前的黎拉不發一語，內心同樣感到驚訝。

聖劍是收集效果各異的護符組合而成，藉由這樣的構造來發揮其他功能。既然如此，那就沒有非得組成劍形的必要……雖然想起來很簡單，但她聽說聖劍沒有實際打造成非劍形的例子。

「但是……」

「但是為什麼不是勇者的一般人也能使用聖劍？妳可別問這個問題喔，這正是企業機密所在，不能透露給妳知道。」

「……我想也是。」

說自己不在乎是騙人的。不過，現在當然不是任好奇心擺布的時候。

「我有一件事想告訴妳。」

說完這句話——艾德蘭朵沒有繼續說下去，只是若有所思地垂眸看著倒地的男人們。

「……妳想說什麼啊？」

黎拉出聲催促後，她才反射性地抬起頭。

「這情況太奇怪了。」

「我知道妳感到很混亂啦，而且一看就知道妳大概是使出了各種詭計，計畫卻不如預期中順利。」

黎拉當然明白發生差錯的原因之一就是自己，但她故意不提這一點，壞心眼地嘲弄著艾德蘭朵。不過，艾德蘭朵用認真的表情說道：

「奇怪的不是我，而是這些人。」

「……不是妳的客戶派來的嗎？」

「我一開始是這麼想的，但真是如此的話，為什麼要在這個時間點派出這種程度的戰力來襲擊我呢？目前為止已經反打回去不少人了，這一帶的同業全都知道靠蠻力是對付不了我的。」

艾德蘭朵若無其事地說出相當厚臉皮的一番話。然而，這應該是很合理的自我評價。那副手套是非常出色的防具，戴著手套戰鬥的艾德蘭朵也證明了自己具有十足的膽識。要挑剔的話，大概只有明知不需要卻像裝飾品一樣被帶著跑來跑去的護衛很可憐吧。

「他們的身手和裝備都有一定的水準。」

「不管用的話，還不是一樣？」

她說得很中肯，黎拉無法反駁。

「而且，他們為什麼要在我跟妳對峙的時候，同時襲擊我們兩個呢？如果想對埃斯特利德家族下手，要麼只對付我一人，要麼就是攻擊妳來製造誤會。更何況，妳的身分也只有知情的人才曉得。」

「我倒覺得沒什麼。」

黎拉用手指撓了撓後腦杓。

「妳這麼在意的話，問問這些倒地的傢伙不就行了？」

「話是這麼說沒錯啦……但我剛才怕下手太輕會解決不掉他們，所以就稍微加強了力道，不知道還叫不叫得醒……」

不等艾德蘭朵下令，護衛（剛才戰鬥時大概是怕受到牽連，所以退開了一段距離）便走上前，扒下一個男人的面罩，朝胸口捶一拳叫醒他。那個男人劇烈地咳了幾聲，恢復意識後睜開雙眼。

「————」

緊接著，他全身又癱軟下去。

（啊？）

黎拉看得出來他死了。這個人應該是使用很傳統的作法，也就是事先在牙齒裡塞了毒藥，在遭到審問之前，選擇自我了斷。

（這是怎麼回事？）

看這情形，叫醒地上任何一個人恐怕都只會重演剛才那一幕吧。沒辦法從他們身上問出線索。

「怎麼了？」

艾德蘭朵探頭觀察著男人，他的嘴角淌出一條血絲。也許是光憑這點就察覺到情況，只見艾德蘭朵臉色微白地抽身後退。雖然她似乎還不習慣看到屍體，但沒有因此驚慌失措真是謝天謝地。

黎拉小小吐出一口氣。她對這座城市裡的恩怨不感興趣，這些人就任由複雜的狀況擺弄就好，她只想知道愛瑪在哪裡而已。

不過，這種不尋常確實令人擔憂。

人類是希望活下去的生物，這一點自然不必說。在受到審問前選擇死亡，這股覺悟非比尋常。有如此覺悟的刺客，無論是從小培養還是花錢僱用來的，對任何組織而言應當都是重要的戰力。

艾德蘭朵說得沒錯，這些人不該在這種地方被當成棄子消耗掉，其中應該藏著某種重大的意義。

「勇……勇者、大人……？」

席莉爾氣喘吁吁地衝了過來。總覺得她這副模樣看起來很熟悉——啊，不對，不久前才發生過一樣的事情。

「我先前不就叫妳別突然跑掉了嗎？這次可是完全跟丟了啊，幸好我知道妳要去哪裡才追上來的。」

「席莉爾，妳跑得好慢喔。」

「請不要拿不合常理的標準來看我，我這是正常人的跑速……」

席莉爾粗略環視一遍周遭。

「這是？」

「一場糾紛。我在跟艾德蘭朵說話的時候，他們就發動了襲擊。這些人來歷不明，身手不錯，只不過沒辦法審問他們，原因就跟妳看到的一樣。」

「……我應該對什麼感到傻眼才好？這座城市的治安？走沒幾步就捲入騷亂的勇者大人的人生？今天早上說一整天都會很幸運的占卜？」

「哪個都無所謂啦，不過妳自己要小心。雖然這附近應該沒有他們的同夥了，但畢竟已經被捲進來了。」

「……還說會有衝擊性的邂逅，幸運物是粉紅色緞帶……唉，真是夠了……我再也不信什麼占卜了……」

席莉爾一邊嘀嘀咕咕地說著什麼，一邊彎腰撿起地上的東西。那是剛才那些粗箭和短杖，她仔細端詳了一會兒。

「艾德蘭朵小姐。」

她抬起頭，拋出一個問題。

「這表面雕刻的圖形似乎是以前賢人塔提供的技術，這些全部都是埃斯特利德家族的商品嗎？」

「咦？呃……嗯。啊，也對。批發對象並不是太多，回到事務所應該查得出來。唉，真是的，早知道會這樣的話，當初就該註記編號才對。」

（奇怪？）

事情不太對勁。黎拉眉間攏起皺紋。

席莉爾瞥了黎拉一眼，立刻將視線轉回艾德蘭朵身上。

「艾德蘭朵小姐，我還有兩個問題。我看妳似乎是能夠在緊急時刻謹慎分析情況的類型——」艾德蘭朵看起來有些驚愕。「——這一點，敵對組織或自家人有跟妳提過嗎？」

暫且不管問題的內容，艾德蘭朵大概是不懂席莉爾的用意，便困惑地說：

「呃……妳剛才告訴我了。」

「請把目前不算敵對組織和自家人的我屏除在外，其他人有嗎？」

艾德蘭朵猶豫了一下。

「約書亞叔叔……他偶爾會說我太過謹慎了……」

（咦？這代表……）

起初宛如漣漪一般的異樣感，如今在黎拉心中開始激烈翻湧。不對，這已經不是什麼異樣感，而是篤定了。儘管她覺得自己沒辦法清楚表達出箇中道理，但至少結論已在內心鞏固成形。

黎拉才剛想行動，就被席莉爾抬手制止了。

「最後一個問題。似乎沒有時間了，請妳不要窩藏心思，直接回答我。」

席莉爾的聲音——聽起來一如往常，還是那種感覺世間任何事物都很無趣、不帶感情的淡然嗓音；但與此同時，聽起來也像是感到焦慮。如同「沒有時間了」這句話，彷彿她是唯一預測到有某種危機近在眼前的人，著急得渾身都在發顫。

席莉爾．萊特納問道：

「約書亞．埃斯特利德打算對愛瑪．克納雷斯做什麼？」

這個問題正好就是黎拉剛才想問的。

†

艾德蘭朵的藏身處充斥著血腥味。

三名黑西裝男死狀悽慘地倒在地上。屋內有幾處扭打的痕跡。他們應該全力以赴了，並且，也只能做到全力以赴。

即使去確認裡側的房間，本應關在裡面的少女當然也失去了蹤影。

「事情很簡單。硬是以不足的戰力襲擊我們的目的只有兩個，一是製造襲擊的事實作為某種計策運用，二是爭取時間。」

黎拉喃喃說道：

「之所以在那個時間點襲擊我們，是擔心我們會直接聯手來這裡。至於為什麼會留下不完整的線索，艾德蘭朵，這是要讓妳更容易陷入沉思而停下腳步。換句話說，有人知道這麼做就能拖住妳，所以才用這種方法來爭取短短幾分鐘的時間。」

艾德蘭朵臉色蒼白地垂著頭。

黎拉繼續說道：

「如果只是副會長和會長其實是敵對關係的話，我並不會驚訝，也不會攪和進去，你們愛怎麼吵就怎麼吵，儘管去爭奪寶座。但是，這次的情況實在很古怪。妳瞞著副會長擄走愛瑪，然後副會長再用這麼拐彎抹角的手法把愛瑪從妳這裡搶走。」

「……照理說，叔叔他應該沒有發現才對。」

「代表他比妳想像中還要有城府吧……所以，愛瑪到底是什麼人？前會長的私生女嗎？從捲款潛逃的叛徒身上獲取線索之類的？」

「啊哈！」

艾德蘭朵有氣無力地笑了。

「妳啊，是不是幫派小說看太多了？」

「畢竟我沒什麼同類相殘的經驗啊。快說吧，到底是怎樣？」

「我可不認為妳是外行人喔。簡單來說，她就是『或許能防止人類滅亡的關鍵』。」

黎拉以為艾德蘭朵在開玩笑。

她再次看向艾德蘭朵的側臉。雖然艾德蘭朵扯起唇角裝出笑容，臉色卻依然蒼白，完全感受不到生氣。

「這究竟——」

「再這樣下去，人類不久就會滅亡。為了防止那種事態發生，人類必須趕緊登上下一段階梯……我不曉得這是不是真的喔。不過，事實就是有人真的相信，而且很認真地在準備對策。」

「勇……勇者大人……我今天到底要跑幾次才行啊……」

席莉爾一副喘得要命的模樣，踉踉蹌蹌地走進屋子——看到屋裡一片慘狀，她登時說不出話來。

雖然不太好意思，但現在不是顧慮她的時候。艾德蘭朵繼續說了下去。

「那些人一直在尋找『人選』，具有繼承特別力量資格的『人選』。為達到這個目的，他們在地下奴隸市場收購可以犧牲掉的人才，還在城裡綁架好幾個可能符合資格的對象做實驗——」

（類似武裝宗教組織嗎……）

雖然這種話題完全不值得高興，但確實聊到她熟悉的領域了。至少比起單純的犯罪組織內部抗爭，這部分更接近她平時的戰鬥。

「所以，他們以為愛瑪是具有那種怪異素質的人嗎？」

「不是的。」

「不是嗎？」

「不是**他們以為**，而是**被他們發現了**。」

艾德蘭朵無力地仰望天花板——從失去關鍵人物的屋子移開視線。

「據說，她就是貨真價實的——極位古聖劍潔爾梅菲奧的適任候選人。」

X．神片精靈凱亞奈特的願望（2）

這是年代久遠的故事。

一名青年深入魔窟最底層尋找祕寶。

從魔窟帶走了能夠實現願望的精靈。

這便是兩者之間未曾與任何人提起的微小回憶。

†

『說出你的願望吧。』那個精靈逼問著。

「下次吧。」那名青年如此答道。

這樣的對話一再重複了無數次。

青年打算追求旅途中遇到的美女時，精靈提議：『我幫你俘獲她的芳心。』然而青年拒絕了，用自己的方式向美女求愛，結果以失敗告終。

在幽深的森林裡迷路時，精靈提議：『我帶你走出去。』然而青年也拒絕了，他在流浪將近一個月後，依靠自身力量活著回到村莊。

在冷天中因為沒錢投宿而在野外過夜時，精靈提議：『我變出金銀財寶給你吧。』青年當然還是拒絕了，他把剛採到的藥草煎煮成湯汁讓精靈喝。藥湯喝起來非常苦澀，換言之就是（連精靈的味覺也認同！）難喝到不行的玩意兒，但至少物質體（身體）都暖和起來了。

出於旅途中的種種不便，精靈幾度變成有著人類少女外貌的物質體。儘管青年當下的表情十分微妙，但一聽到精靈說：『不希望我這樣的話就許願吧。』他便撇開臉答了聲：

「隨祢高興。」

與青年一同遊覽這個世界後，精靈才知道一件事。

那個時代的人類正瀕臨滅亡。

怪物在大陸全境異常湧現。即便士兵和城牆守得住城市，卻無法阻止毫無防備的農村屢次遭到襲擊。物價暴漲、治安惡化、戰爭四起、生靈塗炭。再這樣下去，要不了幾年，人數就會減少到無可避免滅絕的地步。

然而，有青年在。

青年身為一個人類，不僅異常強大，而且聰明過人。

他討伐了好幾頭危害範圍特別廣的怪物，給予許多村莊自衛的手段，並教導村民們作好心理建設。除此之外也推廣高效率的農耕方法，透過發行廣域貨幣來促進經濟。他培育人才，讓這些知識在自己離開後也能夠繼續在世上流傳，甚至進一步發展開來。

得到青年救助的人們詢問他的名字，每逢此時青年總是回答：「我沒有名字。」因此那些人都是用蘊含感謝與敬意的尊稱來稱呼青年。

『說出你的願望吧。』那個精靈逼問著。

「下次吧。」那名青年如此答道。

這樣的對話在漫長的旅途中一再重複了無數次。

†

狹小的洞窟深處，微弱的火光搖曳著。

他打了一個大大的呵欠。

「話說，這是什麼來著？」

拿著一塊拳頭大小的鋼片，過去曾是青年的老人這麼問道。

『知道這個問題的答案就是你的願望嗎？』

「要這麼說也行。」

『……那是能在風大浪急的海上抑制暈船的護身符，是前年過世的長槍手的遺物。』

「喔。」老人略顯落寞地笑了。「是艾倫那傢伙的啊？記得他說過沒有這個就不能回故鄉吧。」

『順帶一提，旁邊的護身符可以分辨出腐壞的蔬菜，在它旁邊的是防止在病床上作惡夢的護身符。』

「喔……是這樣啊。」

老人的指尖溫柔地撫摸著一片又一片的鋼片。在搖曳火光的照耀下呈現五顏六色的鋼片，好似水面一般微微閃爍。

他們在漫長的旅途中與許多人相遇別離，每個人都將他們的心願與祈求託付給老人。

具體來說，就是大家都很有默契地把這種護符硬塞給他。這些護符在戰鬥中完全派不上用場——本來就沒有多少護符能夠在老人那塊領域的戰鬥裡發揮作用——但一路上默默支持著這段旅途。

老人背負著各種祈願繼續他的旅行。

人們稱之為「勇者」的老人，其旅途便是承接各種不同的祈願。

（——哎。）

確實非常漫長呢。

精靈懷念地回憶著那些日子。

自從那一天之後，青年歷經許多戰鬥，斬殺許多敵人，保護住許多事物。人們除了感謝他，同時也尊敬他。然而同樣地，青年受過許多傷，沒有保護住許多事物，錯失許多獲勝機會。

他有過好幾個想守護的人，但全都失去了。因此，為了不讓別人經歷同樣的痛苦，他拯救了很多人。

他發現好幾個想再去一次的地方，但全都失去了。因此，為了不讓別人經歷同樣的痛苦，他守護了很多土地。

時間在不斷重複這些事情中流逝而去。他拯救過很多人，不慎失敗的次數卻遠遠壓過前者。

有些人針對這樣的人生，說他是全世界最不幸的傢伙，因為他失去了幾乎所有能夠連結到幸福的事物，只是過著一再受傷的日子。對於這些言詞，男人總是露出模棱兩可的笑容，僅答一句：「也不盡然是如此啊。」

「該怎麼辦才好，已經沒有武器了。」

老人背靠著岩壁嘀咕著。

『你能把龍鱗傷到那種程度，真是了不起啊。』

「話雖如此，但也沒辦法造成致命傷啊。在這最後關頭，手裡剩下的只有這些方便生活的一百種咒語了。」

精靈掃了一眼鋼片。

『沒有那麼多，準確來說是四十一塊。』

「你算得還真細……」

『但是，每一塊都是為你祈禱的祝福結晶。』

「是啊。就為了我這種傢伙，實在是不勝感激。」

『……現在不是裝糊塗的時候，差不多該面對現實了。』

大概是對於老人一直說些自己聽不懂的諷刺話感到厭煩，精靈如此催促著他。

老人來到這裡，是為了一場將會左右人類今後命運的戰役。

必須討伐的目標是赤銅龍尼爾吉涅森。

龍這個物種對於人類來說，本來就是近乎災禍的威脅，總是與人類敵對，絕不放過任何闖進地盤的對象。龍的體型大得超乎常識，體表也硬得超乎常識，鉤爪和火焰吐息能輕鬆取走人的性命，人類卻連傷其分毫都難以做到。

其中居於上位的大型種，其生命不再依賴心臟或其他器官，把內臟全挖掉也不會死亡，具有壓倒性的自我保存性能，連要稱之為生命力都顯得愚昧可笑。

尼爾吉涅森是格外巨大的一頭赤銅龍。即使是「勇者」及「識古者」，也無法輕易擊敗這樣的對手。

漫長戰役的最後，箭矢全數耗盡，劍也盡數斷裂。

儘管如此，老人仍在奮戰。他讓尼爾吉涅森身負重傷，自己也滿身瘡痍地逃進這個洞穴，獲得一絲喘息的機會。

然而，也僅此而已。

尼爾吉涅森大發雷霆，持續掃視著周邊一帶。只要踏出這個洞穴一步，鐵定就插翅難飛，而老人手裡連一把能讓他逃離龍爪的劍都沒有。

『你應該也很清楚，如今不能再逞強了。』

「就算是這樣，如果我許願要除掉那傢伙，祢能幫我實現嗎？」

『這個……有困難。吾只能在人類的想像範圍內實現願望。殺死龍是人類無法想像的概念。』

「嗯，我想也是。」

老人點點頭，看起來不太感到遺憾。

實現願望的力量終究還是有極限。

正因為是省略過程直接導向結果的力量，所以也無法實現未知的概念。對於想要得到的結果以及心願的具體模樣，必須夠清楚明確才能發動力量。

「那就沒辦法了。人類就在能力所及的範圍內再稍微努力看看吧。」

『但是，你已經沒有武器了，這樣無異於送死。』

「或許吧。不過，我會想辦法至少戰成平手的。」

老人淡漠地說完，背靠在岩壁上。

『……吾可以讓你從這裡逃走。只要你說想要回去哪裡、想要見誰一面，這些心願吾一定能為你實現。』

「哈哈，這還真是吸引人呢。」

『既然如此……』

「可是現在不行，下次再說吧。」

下次吧。

唉，都到這種情況了，這個男人還在說這種話。

『你該不會打從一開始就是這麼打算的吧？』

「嗯？」

『你從一開始就沒打算許願。帶著吾一起旅行，開玩笑耍吾，應該都只是在找樂子而已吧？』

精靈對於身陷困境卻無能為力的自己感到惱火，無處抒發自己的情緒。因此，祂說出這番沒道理的話，只是想找個藉口發作。然後——

「唔……嗯，也是，祢說對了一半。」

這樣的回答出乎了精靈的意料。

「抱歉啊，耍了一點詐。我的願望呢，該怎麼說才好……就算不許願，祢也已經擅自幫我實現了。」

『你說什麼……』

「我厭煩一個人旅行了，所以想要一個能陪伴我戰鬥也不會輕易死掉、既強悍又厲害，而且還能帶來熱鬧的旅伴。這大概是因為我的人生總是不斷在失去吧。怎麼說呢，有祢在的這段時光，我過得相當幸福。」

男人隱隱泛起一抹笑容，大概是裝出來的。

「也差不多是時候了，抱歉讓祢陪伴我這麼長的一段時間。」

『吾才沒有……』

「那麼，我要許願了，神片精靈凱亞奈特。實現我的願望後，祢就能得到自由了，儘管去祢想去的地方吧。」

『……慢著，等一下……』

老人不聽精靈的懇求——至少沒有表現出聽進去的模樣，就這樣單方面地對祂提出了要求。

『吾——』

「什麼樣的都行，去實現祢自己的願望吧。這就是我寄託於祢的心願。」

「即使這些時光逝去，也一定—— A」
-senior's sword-

1．所尋之人在何方

被創造出來的鴿子再次飛上天空。

「這可是機密啊，絕對不能說出去喔。」席莉爾嘀咕著。

艾德蘭朵臉色蒼白地垂頭坐在長椅上。

黎拉坐在她旁邊撓著頭，不知怎麼開口。

艾德蘭朵的手指不停捲著自己的金髮。那應該是她失去冷靜時的習慣，但老實說，看著這樣的她反而令人坐立難安。

「那個啊。」

黎拉帶著幾分猶豫開口。

「為什麼妳要露出那麼絕望的表情啊？妳早就知道妳那個約書亞叔叔在打什麼壞主意了吧？如果妳和愛瑪有很深的交情就算了，但妳們根本沒交集吧？」

艾德蘭朵緩緩看向她，稍微動了動嘴唇想說什麼，又停頓了一下才說道：

「妳倒是很冷靜呢。妳和那個愛瑪不是朋友嗎？」

「我呢，是受過這方面的訓練。如果著急就能救回她的話，要我多驚慌都可以，但事實上不是這樣。冷靜下來更有機會獲勝，就只是這樣而已。再說——」

再說，這種事情不是第一次了。

想要守護的對象，在自己觸及不到的地方遇到危機，對方能否得救還不知道，只能在焦急中等待結果，然後接受結果。

她已經有過幾次這樣的經驗。

每逢這種時候，**那傢伙**就會——

（——那傢伙又不在這裡，想了也白想。）

她搖了搖頭，甩掉雜念。

「剛才妳提到她是極位古聖劍潔爾梅菲奧的適任候選人。」

「……是啊。」

「這是怎麼回事？妳不可能不知道那是怎樣的一把劍吧？」

「我當然知道。每一把古聖劍都難以捉摸，能被選為使用者的人——能夠契合的人非常有限。」

沒錯，到這部分為止是還算知名的事情。並且，包含黎拉這樣的勇者在內，富有古聖劍相關知識的工作者自然也知道這後面的事情。

以瑟尼歐里斯為例，歷史上已知使用者共有七人。由於資料不夠充足，還不清楚實際情況，但每個能使用這把劍的都是身經百戰的戰士。曾經有風聲傳出可能需要有喪失故鄉或戰友的經驗，但經過幾次實驗——詳情並未記載於史書上——之後，只知道起碼光憑這些並沒有辦法滿足條件。

再以莫烏爾涅為例，歷史上已知使用者共有十五人，在古聖劍中條件最為寬鬆，能使用這把劍的條件也幾乎明瞭。據說，只要是「上一任使用者打從心底信賴、能夠將意志與未來託付出去的對象」即可。不過，莫烏爾涅本身具有非常容易失控的特性，因此這把劍實際在檯面上有所發揮的紀錄很少。

至於潔爾梅菲奧——

「歷史上已知使用者只有一名，那就是第二代正規勇者露希爾．薩克索伊德。除了她之外，歷史上沒有第二個能正確啟動潔爾梅菲奧的人，甚至嘗試啟動這把劍的人全都被它**吞噬**了。」

這件事黎拉也曾聽說。

相傳在露希爾之後試圖與潔爾梅菲奧傳遞意志的人，毫無例外都變質了。他們的膚色改變，輪廓和骨骼融解，肌肉和內臟同化，最後變成某種翠銀色的圓胖物體。

（翠銀色——）

又有什麼東西揪住了黎拉的胸口，但在想明白之前，還有其他必須先思考的事情。

「那又如何？讚光教會已經不把潔爾梅菲奧視為戰力，認為永遠不會出現新的使用者，於是放棄了。那把劍被密封在神殿的最深處，大概都蒙上一層灰了。」

「那是假的。真的劍在五十年前左右被搬出來，漂洋過海來到了這裡。」

「……什麼？」

經艾德蘭朵這麼一說，黎拉也覺得有這個可能。

畢竟古聖劍之所以為古聖劍，在於連現代技術都無法重現的高性能。既然無法將其啟動來確認真偽，五十年甚至一百年都沒被發現遭人掉包也不奇怪。

「那把劍似乎在許多地方來來去去，但大約十年前起，便一直由我叔叔——約書亞．埃斯特利德私下收藏著，我也是最近才查到這件事的，至於具體藏在哪裡就不知道了。」

「真是搞不懂啊。」

不過，這確實令人震驚，她在猶豫是否該通知讚光教會。以立場而言，她不該保持沉默；但以個人而言，她認為不管怎樣，工具就這樣放著長灰塵實在很可惜。

撇開這件事不談，她還是有無法理解的地方。

「根據妳剛才說的，那位約書亞先生在尋找潔爾梅菲奧的下一任適任者，然後找到的人選就是愛瑪，沒錯吧？」

艾德蘭朵臉色蒼白地點了點頭。

「我還是不懂耶。如果成功啟動潔爾梅菲奧的話，那當然是一大壯舉，但這把劍又不能當作自己的東西來使用，一個人沒必要冒著龐大的風險暗中追求這種玩意兒吧？」

「嗯。」

「妳答得很含糊喔。」

「因為我也不懂。這一定不是我們能理解的事情。」

席莉爾需要一點時間來尋找愛瑪的所在之處。換句話說，她們還有一點備戰的時間。

「妳叔叔那邊不可能什麼都沒有準備吧？以防萬一我先跟妳確認一下，現在能從妳的工房取回瑟尼歐里斯嗎？」

「可以是可以，但這麼做應該沒什麼意義。目前還在淨化的過程中，各種功能都是癱瘓狀態。」

「意思是？」

「它睡得很迷糊，應該認不出妳了。」

「……嗯，總之就試試看，失敗也沒差。」

黎拉稍作思忖。

「有沒有其他可以成為戰力的人？像是妳的手下之類的。」

「我不曉得埃斯特利德的私兵有哪些是叔叔的人。我個人的心腹不多，而且現在都四散在各地，需要一段時間才能集結起來。」

「那麼，僱用冒險者如何？這個國家不可能沒有冒險者吧？」

「如果時間多一點的話，這就是好主意了。」

咦？這是什麼意思？

「馬上就是大海蛇發動群起襲擊的季節了。為了迎戰，每個組織都在向外求援，實力高強的冒險者也會暫時變多。」

「但目前離那段時期還有一點早，是吧？」

其中可能會有一些比較性急的冒險者提前到場，但她們現在也沒有時間去找出這些人進行交涉。

「我們家也藉著這次修復瑟尼歐里斯的人情，要求教會派幾位準勇者過來……」

經她這麼一說，黎拉也覺得似乎聽聞過這件事。

「……還沒收到何時會抵達的消息，可能下星期才會來吧。」

「這樣啊。」

黎拉抬頭看天空——太陽已經西斜，夜幕即將降臨。

所以沒什麼特別的。夜晚就是夜晚，除此之外並無其他。只不過從以前開始，人們就不斷在太陽消失的那段時間發現特別的意義，例如野獸出沒的時間、魔性的時間，抑或是死者的時間。

這一切都是人們恐懼、憧憬夜晚所產生的幻想，沒有什麼根據。但即便如此，或者說正因為是幻想，人們才無法忘記。

看著逐漸變暗的天空，不安的心情油然而生。

（——真是糟糕。）

她受過訓練，有必要的話，她在熟人遇到危機時也能保持平常心，這一點她剛剛才跟艾德蘭朵吹噓過。然而，她的內心無法保持平靜，不斷泛起一圈圈漣漪。

若是內心動搖，就會加劇體內詛咒的勢頭。她感到有些頭暈，便重複做著深呼吸——冷靜，現在必須冷靜下來。

「——勇者大人。」

席莉爾的聲音略顯苦澀。

「找到了嗎？」

黎拉從地上拉回視線，看到席莉爾時，她大吃一驚。

席莉爾的雙眼流下了紅色的東西。

「等一下，妳那是！」

「我不太確定這究竟算不算是找到了……實在不好說。雖然沒有發現，但查到了一個很危險的地方。」

「不是，妳為什麼一副沒事的模樣啊！難道是用髒手揉了眼睛嗎！」

「我可不是在沙坑玩耍的孩子。這沒什麼大不了的，只是和幻獸視覺相連，在幻獸被**吞噬**的時候受到了反作用力而已。」

「席莉爾。」

黎拉覺得自己發出了很沒出息的聲音。

「妳不用擔心我，我還是有足夠的底氣在孩子們面前虛張聲勢的。」

什麼虛張聲勢，這種話好意思自己說喔？還說得這麼理直氣壯。

「總之，放著就會自動好起來的。別管這個了。」

席莉爾的指尖指向開始染紅的海。

「那邊有個很不得了的東西。僅僅是視覺靠過去，咒蹟構成的物體就幾乎被消滅——不過我的圖式可沒有那麼脆弱。」

她無奈地搖了搖頭，順便用袖子擦掉流到臉頰上的血跡。

「雖然詳情不得而知，但可以肯定一件事。愛瑪小姐就在那邊的中心地區附近。」

2. 古聖劍的祭品

那個疾病——後來被稱為翠銀斑病——會給全身帶來極大的痛楚。雖然這種病本身的致死率就很高，但在翠銀斑病停止蔓延後又會併發其他疾病，導致有更多患者是在體力不支的情況下死亡。因此，即使至今仍未找到治療翠銀斑病的方法，人們也會先把患者送到施療院。

當時愛瑪因為藥性而意識矇矓，視野一片模糊，她躺在施療院的白色病床上想著自己的家人。

最一開始倒下的是父親，不斷受到病痛折磨。

母親為了照顧父親，最後自己也病倒了。

接著愛瑪也染上了病。

愛瑪覺得自己一定沒救了，她會跟父母一樣全身都被侵蝕成翠銀色死去。這是無可奈何的事情，於是她擔心起姊姊。她的姊姊不同於外表，是個很需要陪伴的人，不知道她獨自留在家裡會有什麼感覺。可以的話，至少家裡能養些貓讓生活熱鬧一點。愛瑪一直想著這些事情。

她聽到開門的聲音。

一道氣息進入病房，停在她的病床旁邊。

「再見了，愛瑪。」

也許是受到藥性影響，她連對方的聲音都聽不清楚。

「有人買下了我，而且是用非常龐大的金額喔。有這些錢的話，就付得起住院費和藥費了。雖然爸媽都不行了，但妳至少一定要活下來。」

對方溫柔地握住了她的手。

然後在她的額頭上輕輕印下一吻。

即使視野朦朧難辨、聲音模糊不清，她還是能確切地感受到觸及肌膚的暖意。

「我們應該不會再見面了，不過，我一定會保護妳的。從今以後，我會一直在遠方守護著妳。」

（……………姊、姊……………）

「再見。」

那隻蘊含溫暖的手消失在某處。

（等一下……姊姊……）

她無法出聲制止。

氣息從床邊消失，不知所蹤——

†

世界彷彿搖籃一般搖晃著。

「啊，唔……！」

隱隱發作的頭痛逼著愛瑪從夢中醒過來。

這裡——並不是有家人等著自己的那個家。因此，少女為了確認現狀，不得不集中意識確認自己的記憶。

她記得……對了，她被綁架了。

然後從被監禁的地方又一次被綁走。

簡直就像童話裡的公主一樣。如果能這樣想心情或許還能輕鬆一點，但真要說的話，她覺得自己更像是盜賊們爭相搶奪的金塊。

（……那些穿黑色衣服的人……被殺了……）

在上一個被監禁的地點失去意識前，她看到了鮮血的紅色。由於住在海邊的緣故，她已經看慣魚的血液，但那明顯和魚的血液不同，而且是活人身上不該流出的血量。

強烈的作嘔感襲來，彷彿胃整個翻過來似的。

再來是——雖然現在才說這個有點晚，不過她發覺自己想吐的原因不僅是記憶中的鮮血，還有這個瀰漫著異臭的場所。和腐臭不太一樣，那是一股強烈濃縮的壓倒性腥臭。

（唔……）

愛瑪下意識扭動身體，但失敗了。

她正坐在椅子上。

正確來說，是身體被固定成坐在椅子上的模樣。白色麻布做的拘束衣將她全身上下束縛住，這是用來捆住凶惡罪犯的道具。雖然她身上這件似乎不是專為小孩子設計的，到處都不合身，但還是確實達到了拘束的效果，亦即她不管怎樣都動不了。

她想要大叫，卻發現這同樣做不到。她嘴裡被塞了毛巾之類的東西，聲音發不出來。

「喔，妳醒了啊。」

——這個房間裡還有其他人。

「感覺怎麼樣？」

愛瑪放棄掙扎，循著聲音轉頭看過去——在全身自由幾乎都被奪走的情況下，頭部並沒有被固定住，她對此懷抱著類似感謝的心情。

一個男人站在那裡，看起來將近老年。

他表情溫和，氣質沉著，一言以蔽之就是很平凡。要是在城裡遇到的話，她應該會毫不在意地擦肩而過吧。然而，在這個充斥著異臭的房間裡，他看起來反而相當異常。

「本來是要更加鄭重地請妳過來的，我是說真的。在妳之前已經邀請過好幾個人，但下手過重，完全被當成社會刑案來看待，還取了『笑面貓』這種代號。」

（……我……為什麼是我……？）

依然混亂的腦中浮現出一個疑問，但她沒辦法說出口。

「喔，我可沒有弄錯人，愛瑪·克納雷斯，我要找的人就是妳。妳是七年前受過古聖劍潔爾梅菲奧的洗禮，身上殘留著濃厚的翠銀痕跡，但照樣活下來的少女。」

即使對方點出她的名字，她還是無法理解他的用意。

「看妳的表情，妳對情況一無所知吧。」

這是當然的。

「這說來話長。首先……這麼說吧，世上有一種叫做聖劍的東西。在大陸那邊，是勇者們的傳記中一定會登場的奇特玩意兒，聽說還滿有名的。並非由使用者挑選武器，而是武器挑選使用者，淨是些不好伺候的傢伙——」

他慢慢走近她，嘴上講著莫名其妙的話。

愛瑪連尖叫都沒辦法，只能顫抖著看他接近。只不過，他並沒有做出她預期中的暴行，而是溫柔地取下幾個束縛著她的金屬零件。

固定在椅子上的身體獲釋之後，她忍不住就要站起來，但拘束衣還束縛著身體，於是她失去平衡，從椅子上摔了下來。

「哎呀。」男人伸手接住她，就這樣把她抱了起來。也許是平常不太做勞力工作，男人的手臂很細；但愛瑪體型嬌小，他抱起來毫不費力。

「沒事吧？」

他的聲音溫柔到令人毛骨悚然。

「——在聖劍之中，尤其是歷史悠久又力量強大的劍，每一把都是徹頭徹尾的以貌取人。歷史上能夠得到它們認可的人屈指可數。或者按照我的推測，其實——」

男人又開始講起令她一頭霧水的話……並邁步走了起來。

他朝房間深處前進。

被男人抱著的愛瑪，連掙脫逃走的勇氣都沒有，只能用發顫的眼睛看著前方。房間深處有一扇大大敞開的門扉，由於角度問題，她坐在椅子上的時候無法看見門後有著什麼。而現在隨著男人的腳步接近，她逐漸可以看清楚房內的模樣。

「——**每一把劍實質上只會預設一名使用者**。」

接著——異臭變得更加強烈。

「這恐怕就是聖劍與古聖劍的決定性差異。古聖劍並不是完美的，倒不如說是未完成品。不止是把象徵心願的護符捆束起來，還要將懷抱特定願望的使用者包含進去，才能發揮出聖劍的力量。因此，古聖劍總是在試探、在尋找。它並不是尋找自己該委身的對象，而是尋找能夠成為自己的一部分、作為化身的使用者。」

男人熱衷地述說著，但愛瑪沒有聽進去。

純粹的恐懼占滿了少女的內心，無暇顧慮其他。

屋內沒有什麼值得一提的事物，只是地上有個巨大的洞，可以直接看到下層的景象。

而**那些東西**就在下面。

那些東西，帶有翠銀色。

那些東西，緩緩脈動著。

那些東西，正在呼吸。

那些東西，聚成一群。

那些東西——

要是叫得出聲，愛瑪大概會叫到喉嚨破掉吧。不過，塞在嘴裡的異物不允許她發出聲音。所以她試圖作出掙扎，但也遭到拘束衣壓制了下來。

「和其他古聖劍一樣，潔爾梅菲奧也在尋找它的使用者，只不過它有一處不同。那就是，潔爾梅菲奧能夠自行創造出自己的使用者——」

愛瑪的身體微微震顫。她所能做的也只有打顫。

她心中不知為何湧起了安心與期待，真切地感覺到自己正在靠近該前往的地方、該抵達的地方。她當然沒有任何該出現的生理厭惡感，而這讓她感到害怕。

「——妳很在意這些前人嗎？這些人有點不太契合，沒能**變成**（潔爾梅菲奧）這把劍所追求的古英雄。沒有完全變身的結果，就是這個模樣。不過，我相信妳一定能超越他們的……」

男人始終維持著平穩的語調。

彷彿是在嚴格要求自己要保持沉著一樣。

當她把注意力放到這件事的瞬間，男人走向了洞穴邊緣。接著，他的動作隨意得像是在給盆裡的小魚餵飼料似的——但又可以感受到其中帶著幾許憐愛，就這樣將懷裡的愛瑪扔了下去。

3.「什麼都不是的存在」

巴傑菲德爾最外緣的水很淺，是海流較為緩慢的地帶，有將近一百艘船沒有進港，直接拋錨停在這片海域。

「抱歉了，各位船長，還有魚兒們！」

少女道歉著，並在一塊甲板上蹬地高高躍起。類似爆炸的聲響與衝擊讓一點也不小的船體產生巨幅搖晃，鋪在甲板上的鐵板凹出一個大窟窿。

她的跳躍在立足處造成巨大破壞，強行拉長跳躍距離。當她在遠處停泊的一艘船上落地後，再次蹬地躍起。零散出現的船員們有的不知所措，有的高聲怒斥，但全被她拋在了後面。

這是魔力活化和地鍊系體術的組合技，這兩種技能都得跨越人類極限才施展得出來。若是進一步將精妙的兩種技能結合在一起，便能發揮出這種幾乎無視重力的機動性——

「……不對，這太奇怪了吧……為什麼肉身做得到這種事情啊？」

與她並肩奔跑的艾德蘭朵傻眼地說道。

「呃，緊跟在我旁邊的妳有資格這麼說嗎？」

「我可是使出了所有絕招耶……」

風聲呼嘯。只見艾德蘭朵的手套——某種形狀像手套的東西——噴出了狂風。雖然這樣的出力還不足以讓她在空中自由飛翔，但據說可以想辦法大幅延長跳躍距離，並調整身體在空中的姿勢。

（不對，無論是絕招還是什麼，光是能想辦法做到就疑點重重了吧？）

這本來不是個人攜帶的小型護符所做得到的事情。

她記得有一把聖劍也出現了這樣的異稟（Talent），但一把聖劍理應只會具備一種能力。

（……護符「天才」啊。）

黎拉本身經常被喚作天才，所以她能夠理解。

天賦之才。這是上天賦予的能力——亦即人們放棄理解的才能。

由於得不到理解，便無法與他人並肩而行，只能在一個人的戰場上獨自奮戰下去。她們兩人應該都明白那是什麼樣的滋味。這一點在黎拉心中勾起些許奇妙的心情。

這一帶的海域似乎稱為倉庫海域。

「進出港口不是要辦理各種手續嗎？所以才會像那樣不讓倉庫船進港，而是停在附近的海上。」

艾德蘭朵這麼告訴她。

「這當然需要申請許可，也有義務登錄貨物清單，但背後的情況很複雜，實際上是沒人管理的無法地帶。相較於岸上，這裡不太需要擔心遭小偷，也非常適合用來藏見不得光的東西。」

「而且對於謀求方便的組織來說是很好的收入來源，是嗎？」

「不予置評。」

她們離目的地愈來愈近。那是一艘黑色的中型木製船。

可能是為了氣密性，遠遠就看得出來塗了好幾層油來強化外層。

（這艘船看起來很堅硬啊……）

雖說是木製船，但強化到這種程度的話，比半吊子的石製船身都堅固得多。要是沒有破城槌或破壞力相當的器械，大概沒辦法攻破這艘船。

黎拉拔出插在腰帶上的短杖。這是從剛才的襲擊者那裡借來的，雖然是不錯的武器，但頂多只能用來壓制人，外形細長、重量輕且不夠結實，簡單來說就是缺乏威力。順帶一提，上面沒有附刀刃，所以不適合用來斬擊。

「嘿！」

她揮動短杖——在比海面稍微高一點的船體處砍出足以讓一個人鑽進去的洞口。人們經常要求劍術高手表演的技藝中，有一種用小樹枝切碎紙張的特技。黎拉嘗試把那種特技運用在這裡。嗯，結果成效還不錯。

「咦？」

「我先走了。」

黎拉拋下愣在原地的艾德蘭朵，跳進了船艙內。突擊作戰的關鍵就是速度，必須在敵人有所察覺並整頓態勢之前，盡可能深入其中。

†

她們連找都不必找，很快就發現要找的房間了。

那個房間很寬敞，一個窗戶都沒有。

裡面沒有任何照明工具，但也不太需要；房間有一半以上都被一個巨大玻璃水槽給占據，隨意塞在水槽內的圓胖物體正散發著淡淡光輝。

那些胖圓物體都宛如膨脹到極點的水母般沒有形狀，不過有幾個保留著少許原形的痕跡——亦即長著類似手腳的東西，留著類似頭髮的東西，還可以看到似乎是眼鼻的窟窿。

（——這是……）

黎拉知道這種現象。

古聖劍潔爾梅菲奧。

相傳是一把吃人的劍。

具體來說——沒有資格的人若是觸碰潔爾梅菲奧，作為「人」的存在形態就會逐步遭到侵蝕，變成一團翠銀色的不明物體。

那不是死亡，並非失去生命，只不過也僅此而已。

遭到侵蝕的人再也變不回原狀，永遠無法以人類的身分存在世上。

黎拉知道歸知道，但她當然是第一次見到實際的模樣。

大部分的宗教都會有一、兩套末日論。讚光教會壯大的過程中所併吞掉的小宗教則有這樣的說法：末日的使者是綠色的汙泥。汙泥就像海洋一般無限擴大，將所有事物吞噬殆盡，最後世界會變成一片汪洋。

這種聯想毫無意義。不過，眼前的情景就是如此怪異且偏離常識，讓黎拉不由得想起這種事情。

「這個人數……」

水槽非常大。儘管每個肉塊都有一定的大小，但塞在這個水槽的數量應該不止一、二十個。也就是說，最少有一、二十個人在這裡接觸過潔爾梅菲奧。

（是實驗嗎？不過從哪找來這麼多人……）

「愛瑪！」

艾德蘭朵的叫聲帶著顫抖。

黎拉不用循她的視線看過去，便幾乎在同時注意到了那個地方。只見水槽中，圓胖物體的中心點，漂浮著一個形狀和色調都跟周遭不同的東西。

黑色的頭髮。

晦暗的情緒竄上背脊，憤怒與焦躁的混合物比思緒更早一步驅使黎拉展開行動。她猛衝到水槽前，用短杖從正面使勁插進去。這並非招數，只是憑蠻力施展的一擊，而水槽隨即出現放射狀的裂痕，從內側迸裂開來。

塗在玻璃上的咒蹟射出藍光後消失了，那大概是提高強度用的。與此同時，黎拉手中的短杖就這樣碎掉了。

「退開！」

黎拉大聲警告著艾德蘭朵，然後再次跳了起來。她用手撥開還飛在空中的玻璃碎片，踩上逐漸崩塌的圓胖物體，從接近頭髮的位置插進一記手刀。伴隨著像是把手穿進煮爛的肉塊的觸感，指尖輕易地沉入翠銀色的深潭之中。

一股彷彿淋到熱油的劇痛襲來。

（——並不是熱度，這是——）

黎拉的經驗告訴她這是侵蝕。人類的肉體與精神在轉變成其他事物之際，就會感受到痛楚。類似肉體被灼燒成灰時的感覺，直擊著少女的神經。

無庸置疑，這就是潔爾梅菲奧的侵蝕。儘管她現在並沒有接觸到潔爾梅菲奧本身，但看來是這些劍的犧牲者所化成的肉塊，不知何故繼承了它的性質。

「別……小看我！」

黎拉・亞斯普萊是正規勇者。勇者這個頭銜本身就是一種詛咒，無法捨棄，也無法用其他東西覆蓋過去。正因如此，她才承受得住吸血鬼釋放的龐大詛咒。要是現在屈服於這種東西，那她實在是對不起那個吸血鬼。

她在肉團中游泳似的撥動雙手。

接著，她使勁抓住手指所碰到的東西，直接盡全力將其拉出來。

結果——那確實曾經是人類。到處都染上翠銀色，被拘束衣束縛住全身，樣貌和體格都和愛瑪・克納雷斯這名少女一致。然而——

（——不妙。）

黎拉暗暗咂嘴一聲。剛拉出愛瑪的那個洞口中，猛地噴出少許混濁的翠銀色物體。

她扭動身體避開噴流的直擊。

「艾德蘭朵！」

同時，她叫了聲名字，將愛瑪扔到背後。

艾德蘭朵伸手抱住愛瑪。飛沫濺到她身上，手套冒出了煙霧，她痛苦地扭曲著臉龐，卻依然緊緊抱著愛瑪。

兩人遠離堆得像一座山的圓胖物體，看著彼此。

「……愛瑪被**灰質**汙染了。」

「咦……」

灰質。那是「讓人忘記自己是什麼的物質」的通稱。

「可是，為什麼……」

「不知道，之後再查明真相！」

灰質汙染是長時間深入地下迷宮(Maze)探索的冒險者們身上所出現的病症之一。身心會從「自己是什麼」開始遺忘，身體無法自由行動，自我意識淡化，最後變成一團無機質物。大多數在當下都呈現出接近灰色的金屬光澤。

慶幸的是，這並非不治之症。只要離開地下迷宮這個汙染源，就會隨著時間慢慢恢復。只要復原了，基本上就不會留下後遺症。

（——不過，前提是要以人類的身分活著……）

愛瑪無法自主呼吸，但她之前一直被埋在肉團裡，會這樣也很理所當然。

她們讓愛瑪躺在地上，將塞在嘴巴裡的毛巾拔出來。

確保呼吸道通暢後，黎拉貼上她的嘴唇把氣吹進去。

重複幾次後，愛瑪微微咳嗽幾聲，胸部開始略為上下起伏。艾德蘭朵倒抽一口氣，而黎拉則抬起頭，用袖子擦掉從嘴邊流下的一絲唾液。

她撕開拘束衣，觸摸身體各處檢查了一下，確定骨頭沒有斷裂或溶解的跡象後，她才呼出多餘的氣息，站起身來。

「暫且是沒事了……大概吧。」

「是嗎……」

黎拉伸了伸手臂。

「愛瑪之所以沒有被侵蝕殆盡，原因可能在於妳剛才提到的那件事吧，就是適任者候選人什麼的，所以有抵抗力。」

「說得……也對，嗯。」

艾德蘭朵的回答沒什麼力氣。

「妳怎麼受到那麼大的打擊啊？不是早就掌握住情況了嗎？」

「我做過了調查，也得出了結論，並且確認過真偽。但是……」

她頓了一下，接著說道：

「有很多事情，我實在是……不願相信。」

「啊？」

黎拉不懂她的意思，於是等著下文，不過她什麼也沒說。

「沒關係……等一切結束後再來釐清這些事情吧。」

說完，黎拉站起身。

她轉頭一望。

水槽破裂後，從狹窄空間裡獲得解放的圓胖物體詭異地痙攣起來。沒有任何節奏，是不規則且不安定的振動。它們——黎拉絕對沒有悠哉地旁觀——眼看著加快動作，開始膨脹起來。

「呀……！」

艾德蘭朵驚愕地抬頭看著。

她旁邊的黎拉雖然沒有被嚇到，但暗自煩躁地咂了嘴。

（我也不是沒有料到會這樣。）

只是不夠肯定而已——她鎮定地輕聲說出類似藉口的話語。

剛才碎掉的水槽與其說是封印，不如說應該就像防波堤一樣有著阻止事態進行的作用。但事到如今已無從確認，也沒必要確認了。

因為，還有其他更重要的事情必須確認。

那些東西是潔爾梅菲奧的犧牲者，被更換成「什麼都不是」的存在。到這部分為止都沒問題，重點在於事情發生的原因。追根究柢，為什麼潔爾梅菲奧要吞噬人類？

它是出於什麼目的，而把人類當作消耗的素材？

每一把古聖劍都令人難以捉摸。

能夠被選為使用者的人極為有限。

並且，潔爾梅菲奧的使用者在歷史上僅只一人。而那個人，就是遠古時代的正規勇者露希爾．薩克索伊德——

翠銀色的那些東西，正在激烈的振動著。

翠銀色的那些東西，不斷膨脹。

翠銀色的那些東西，失去了輪廓。

翠銀色的那些東西，逐漸交融起來。

翠銀色的那些東西，開始模仿著某種形狀。

翠銀色的那些東西——

不，合為一體的**那個東西**，撞破房間的天花板站了起來。

那是翠銀色的人形物體。換句話說，有個巨人站在那裡。

身高看起來至少有常人的三倍以上，皮膚充滿金屬般的晶亮光澤。

粗略描述外表的話，是一個裸體的年輕女性。長髮及腰，身體略有起伏，但臉部毫無凹凸，只能看到一片平坦的翠銀色。

（果然是未完成的狀態嗎？）

比起剛才那些不安定的圓胖物體，它現在的體積明顯增加，重量似乎也增加了數倍，它的動作導致船體發出嘎吱聲響，微微傾斜著。儘管黎拉想要請它稍微尊重一下物理法則，但好像從哪裡傳來了「妳沒資格這麼說吧」這樣的聲音，便放棄了。

巨人緩緩地轉動起頭部。

它以可以說相當優雅的動作掃視周遭，彷彿在尋找著什麼。

（——該不會……）

巨人伸出手——長得像手的翠銀色物體。

然後觸摸了牆壁。

「咚」的一聲，傳出像是拳頭砸在乾棉被上的空虛聲響。與此同時，牆壁的木材裂出無數巨大的縫隙，幾乎當場——徑直坍塌下來。

「不是吧！」

如果只是用拳頭破壞牆壁的話，雖然稱不上簡單，但也沒有多難。

看似輕碰一下就擊碎了牆壁，其實，也沒有到蠻橫無理的地步。

然而，沒有任何瓦礫四處飛散，將集中起來的力量盡數消耗在破壞的動作上，這完全不屬於（相對貼近）常識的範疇，而是另一個領域。不止是力量的強度，還需要了解傳遞力量的術理，以及完美如實地體現出來的技術，才能做出如此絕技。

「——愛瑪託付給妳沒問題吧？」

「咦？」

巨人穿過洞口。

它一腳踩在平靜的海上，卻沒有沉下去，海面宛如大地一般支撐著它。

它就這樣緩緩地走在海面，朝著陸地，不對，嚴格來說不同卻很類似，也就是往巴傑菲德爾特本島走過去。

（在露希爾・薩克索伊德的傳說中，水精（Nymph）的一百零九個女兒有超過一半都遭到她殺害而心生憎恨，她便再也無法進入水裡。）

儘管黎拉想批評這種傳說未免太過殘酷，但好像從哪裡傳來了「妳沒資格這麼說吧」這樣的聲音，便放棄了。

最重要的是——

這個翠銀巨人不僅僅是體型龐大的妖怪而已。它的威脅不在於體格和蠻力，而是它毫無疑問將當年正規勇者露希爾・薩克索伊德這位偉人的技術和傳說，以相當高的水準重現了出來——

「我非去不可。從各方面來看，那東西都是威脅到全人類的存在，我必須除掉它。」

「…………」

艾德蘭朵沒有回話，不知是感到傻眼，還是單純講不出話。

哪個都無所謂。無論艾德蘭朵說什麼，她要做的事情還是不會變。

「結束後，我應該會回來。妳要活到那個時候啊。」

「活……呃，咦？」

「拜託了。」

黎拉不等回答就衝了出去。

然後，從「露希爾」打破的洞口高高躍起。

4. 孤獨者們的戰場

艾德蘭朵沒有醫學知識。

像勇者和冒險者這些靠殺伐維生的人，受傷和幫忙診治傷患的機會很多，也會學習相關技術。而艾德蘭朵不僅是技師，還是個商人。雖然她有把握能找出護符故障的原因並修好，但畢竟護符和人不能一概而論。

儘管如此，她還是知道一件事。

那就是，如果現在把愛瑪．克納雷斯丟進冷水裡的話，後果絕對不堪設想。

「傷腦筋呀。」

事到如今她才發現自己沒有想過回去的方法。

無論是抱著還是揹著這個意識尚未恢復的少女，都必須用到雙手。若是兩隻手都被占用了，便不能使用這雙手套——「朱紗玫瑰（Cinnamon Rose）」——來橫越海洋。至於游回去更是連提都不必提。

而且——

（——我在這艘船上還有一些事情必須確認。）

她當然惦記著那個據說是「威脅全人類的存在」的神祕巨人，還有追著巨人過去的黎拉，但她現在該做的事情並不是惶恐而不知所措。

她決定去甲板。

沒辦法使用突擊法之際，正攻法就是最佳解答。她要奪走應該有預先備好的聯絡船。

房裡到處都是水槽的殘骸和翠銀色的黏液團，再往深處則可以看到向上的樓梯。她抱起愛瑪走過去，但因為船不斷搖晃，她的腳步踩得不是很穩。為了避免失手把少女摔在地上，她小心再小心，謹慎再謹慎。

（……這孩子還真重啊。）

以十一歲的孩子而言，愛瑪的體格極為正常。個子不算特別高，也不算特別矮，而且相對偏瘦，令人想要叮囑她記得好好吃飯，但即便如此——

艾德蘭朵還是覺得很重。

「妳們——還真敢下手啊。」

艾德蘭朵停下腳步。

她並不是沒有預想過，也早就作好心理準備。然而，她還是不想在這種情況下聽到這個聲音。

她轉過頭去，

「叔——」

才叫到一半，她就吞回去了。

通往其他房間的門敞開著，男人就站在那裡。那是個看起來有些疲憊、神色和藹的中年男人，表情、服裝，站姿，無一不是艾德蘭朵所熟悉的模樣。

唯獨一處不同以往——便是他雙手戴著緋紅色的臂鎧，與那副只會做文書工作的外表格格不入。

「約書亞．埃斯特利德。」

他是埃斯特利德工房的副會長，既是愛嘮叨的家人，也是工作夥伴。

艾德蘭朵帶著苦澀的心情，喊出了他的名字。

「你會出現在這裡，**代表事情就是那樣吧**？你不打算找藉口嗎？」

「這也沒辦法啊，畢竟裝糊塗是沒有意義的吧。」

他臉色疲憊地嘆出沉重的一口氣。

「依妳的個性，應該已經掌握住整件事的背景了吧？還是說，在妳做了這麼多事的情況下，還有必要找我確認答案嗎？」

「那是當然的，我還有很多問題想問你。你這段時間都在做什麼？你的目的是什麼？你想做什麼？」

她往玻璃殘骸瞥一眼。

「你是想要創造出古聖劍潔爾梅菲奧的使用者，沒錯吧？」

「沒錯。只不過，這並不是最終目的。」

「為什麼？」

「……那是『只有露希爾．薩克索伊德才能使用的劍』。然而，那把劍卻一直在尋找能夠揮動自己的對象。」

約書亞聳了聳肩。

「既然如此，只能歸結出一個現象——**潔爾梅菲奧會把靠近自己的所有人強行改造成露希爾**。」

「這不正常！」

「我無法否認。實際上，這樣的判斷並不切合現實，因為人類很脆弱，試圖強行改造之下，就會在改造結束前壞掉。那把古聖劍連這點程度的事都不明白。」

面對艾德蘭朵的叫喊，約書亞回以偏離焦點的一番話，並滿臉遺憾地搖了搖頭。

「……**壞掉**……？」

「怎麼，妳不曉得嗎？目前為止已經看過不計其數的翠銀色殘骸了吧？那些都是在改造途中死掉的屍體。」

（——全部都是？）

一瞬間，彷彿整疊照片散落在地上似的，艾德蘭朵的腦海中掠過好幾個記憶片段。

翠銀斑病。

六年前突然襲擊這個國家的疾病。

患者身體各處都染上翠銀色，陷入心神耗弱的狀態。

致死率很高。

即使沒有直接被這個疾病奪走性命，通常也會因為生命力大幅削弱而招致其他疾病。

它害死了許多人，破壞了許多人的人生。

艾德蘭朵——**現在自稱是艾德蘭朵的這名少女**也因此人生出現了大轉折。

這個病沒有傳染性，一個月左右便失去影響力，如今僅少數人還留有後遺症，也就是身上的翠銀色痕跡。目前尚未釐清這個疾病為何只在那時候襲擊城裡的大部分居民——

「你的意思是……」

艾德蘭朵的聲音在顫抖。

她無法直視眼前的男人，微微垂下了眼眸。

「也包含六年前的事嗎？」

「當然了。」

——唉……

艾德蘭朵向神感謝現場沒有鏡子，因為她的表情一定很醜。比起憤怒，知道自己現在該做什麼所帶來的歡喜強烈湧發而出，導致她的表情大為扭曲。

剛才要去甲板的念頭早就被拋在腦後。

「翠銀斑病的騷亂是你的預謀，我這樣理解可以嗎？」

「那不算成功就是了。」

他依然沒有正面回應。

「我只是在挑選不會因潔爾梅菲奧的影響而崩壞、能夠接納變化的人而已。為此，我將模擬變異的因子混入飲用水散播出去，但沒想到毒性比當時預估的還要猛烈，造成許多犧牲者。」

他看似疲憊，但又似乎有些驕傲。

「話雖如此，他們的犧牲沒有白費，那陣子所發生的一切都促成了今日的成果。縱使多少不夠充分，但還差一步就能達成人類的重現了。」

「……喔，這樣啊。」

艾德蘭朵將愛瑪放下。

「你不用再說下去了，約書亞・埃斯特利德。」

「別說得這麼無情啊。我暗中努力推行的計畫，在距離成功只差一步的時候被全盤打散了。真希望我可愛的姪女至少可以聽我抱怨幾句。」

「我已經叫你閉嘴了吧！」

她揚聲拒絕，然後伸出右手。

「『停駐於絞首臺的灰色鴿子』，『圍繞著英雄碑的鐵柵欄』，『貓咪奔過沉默的黑白鍵』，『戴著面具的舞者們扔出果實』——」

她快速地唸出這些句子。

這些詩句本身沒有任何力量，也不是能引起奇異現象的魔法咒語，只是單純的字句。但正因如此才能盡到語言本身的作用——將意思傳達出去。

「朱紗玫瑰」接收到裝備者的意志後，發揮出既定的功能。事先設定好的所有抑制裝置開始自我瓦解。原本可靠的護身裝備產生不可逆的變質，成為爆發的力量聚合體。

啪！電光溢出，微微燒灼著裝備者的皮膚。

艾德蘭朵痛得一瞬間蹙緊眉頭，但視線依然緊盯著約書亞。

「哎呀，本以為妳最近安分了些，看來終究還是個野丫頭啊。」

約書亞打趣似的發完牢騷後，自己也舉起了臂鎧。

「『停駐於絞首臺的灰色鴿子』，『鐵盔裡盛開的花朵』，『在長滿苔蘚的地牢拉響禮炮』——」

他緩緩地、仔細地唸誦著。

原理與艾德蘭朵的手套相同。只見紅色臂鎧隨著輕微的驅動聲而微幅振動起來，開始發出光芒。

「……你這果然是……」

「妳在設計『朱紗玫瑰』時的助手是我。雖然我沒有妳那樣的創意和天分，但還是能夠將現有的技術如實重現出來。」

他握起攤開的手心。

「功能應該不會比妳的差。接下來就見真章吧。」

啪！約書亞手中迸出雷光，兩相比較下絲毫不遜色。

†

藏青色的天空中，點點星光開始閃爍。

和來的時候相同，黎拉踩著一艘艘船追逐著翠銀巨人。

不用說，每艘船都陷入了一團亂，但她沒有時間解釋情況，只能將人們驚慌的叫聲拋在後頭，持續往前跳躍。

巨人隨意撥開擋在前面的一艘船。當下站在甲板上的船員碰到了巨人的手掌——就這樣消失了。

那些人被巨人吞噬，融為它的血肉。

他們是建構出「露希爾」的一部分素材。

見狀，黎拉更肯定了。那是會無止境地吞噬人類並不斷擴大的巨大災禍，若是不在這裡阻止它，至少會有一個國家被輕易毀掉。而且，恐怕還會殃及全世界。

既然如此，正好在現場的正規勇者該做的事只有一件。那就是在事態演變到最糟的地步前防範於未然——

（露希爾．薩克索伊德。白金魔女。）

她將意識集中於戰況上，同時在腦袋的另一隅開始回想。

畢竟，那可是遠古時代的人物。

活版印刷直到最近才普及開來，更別說露希爾的時代根本連造紙術都沒有，而口耳相傳的內容則會隨著時代變遷而不斷改變。因此，黎拉並不知道露希爾．薩克索伊德究竟是什麼樣的人物。

（不過，也有留下一些明確的記述——她遭到自己所拯救的人背叛，在孤獨的痛苦中死於非命。）

這種事沒有多稀奇。

恐懼有力者、想否定其存在是人之常情。只要可怕的怪物被消滅，便不再需要比怪物還要可怕的勇者。儘快處理掉是為了讓無辜善良的市民能夠放心過生活……就像這樣。

這種事在古今東西都相當常見。不過，真正被處刑的人在這一百年來似乎已經大幅減少了。

（——其實我也沒資格寄予同情。）

她壓下複雜的思緒，再次蹬著甲板跳了起來。

在其他船上著地後，轉瞬間便有一個剛好在附近的船員急忙拔出腰間的曲劍刺向她。

「喔啊，啊呀，唔啊……」她聽不懂那個人在說些什麼，他本人大概也不清楚吧。暫且不管這個——

「借我一下。」

她隨手搶走了他的劍。

握住劍柄就能知道劍的品質。雖然稱不上粗劣的便宜貨，但終究是量產品。不知是否是鑄模的瑕疵，這把劍的重心略往左偏，劍鋒的韌性也令人存疑。不過，現在不是挑三揀四的時候。

她立刻從呆住的船員身上收回視線，轉身看向巨人的背影。

深吸一口氣，穩住心跳，右手輕握著劍柄，左手微微按住右手的手背。劍鋒對準它的後背，擺出重心略往下移的舉劍姿勢，蓄力於膝蓋後——

劍芒一閃。

大海被切開了。

在揮落的劍軌的延長線上，與劍身不符的特大斬擊宛如暴風雨般捲進一切事物扯斷。

這並不是多奇特的招數。許多劍技流派都將這類的氣斬技當作奧義，亦即只是把「斬擊」與「斬斷」的地方和規模融入位移的技藝，其規模會根據使用者的力量而有非常大的不同。

（……看來沒效啊。）

立足點不穩，拿著稱不上高品質的曲劍，身體又因為詛咒積累而不在萬全狀態，但從手感來看，剛才那一擊的威力應該足夠一舉破壞掉鋼鐵製的城牆。

儘管如此——即使她早有預料——翠銀巨人依然健在。它泰然自若地走在因為剛才那一擊而洶湧翻騰的海上。比鋼鐵還要強韌的說法已經不足以形容了，那恐怕是澈底隔絕一切受到的攻擊，或者說外部施加的力量所造成的變化。

「未免太不講理了……」

原來如此。這就是怪物們看到正規勇者出現在面前時的心情。感覺自己一直以來所依賴的作法、相信的世界法則全部都被直接否定了。這確實令人無法忍受。

劍身在她手上慢慢剝落化為灰燼。

「抱歉，我弄壞了。」

她把僅存的劍柄塞回給一臉呆楞的船員。

（……明明必須儘快解決掉才行。）

她想起愛瑪，順帶還有艾德蘭朵。

那艘船絕對不是安全的地方。儘管沒辦法確定對方的真面目，但她能感覺到帶有敵意的威脅氣息。然而，她還是選擇把那兩人留在那裡，畢竟總比強行帶上她們來得好。

黎拉知道艾德蘭朵並非弱小無力。那個仿照聖劍的手套確實是極為出色的護身裝備。以她的戰力而言，路邊流氓自然不必提，一般冒險者應該也敵不過她。但是，在這種情況下，那也不過只能求個心安罷了。比起擁有強大的力量，更重要的是別讓自己置身在需要強大力量的狀況中。因此，黎拉才會把她留在敵人的陣地裡。

「唉，真是的！」

如同往常把煩躁的情緒壓在心底，黎拉再次朝巨人的後背追過去。

†

艾德蘭朵不僅是技師和商人，同時也是埃斯特利德工房的活招牌。

她經常使用的護身裝備「玫瑰」當然必須滿足幾個條件：能夠阻擋突如其來的暗殺、讓襲擊過來的刺客失去戰鬥能力、不需要像勇者那樣催發魔力也能使用；除此之外，外觀還要美麗又精緻——與為了討伐強敵而生的聖劍在概念上就大相逕庭。

約書亞用同一技術製作出來的臂鎧則截然不同。完全不在意重量和外觀，能夠隨心所欲地以殺傷力和壓制力為優先。光是這些條件的區別，就讓兩者在武器性能上出現決定性的差異。

「我從一開始就看妳不順眼了！」

約書亞揮動右手，緋紅雷光向周圍四散。

「得知大哥買了一個奴隸當養女的時候，我都懷疑他是不是瘋了！不對，更正，我現在可以確定那個男人就是瘋了！」

「……這樣啊。」

艾德蘭朵用左手產生的半圓力場將雷光甩開，同時用右手釋放的力量強行跳起來。受到遠比預設中還要強勁的力量，伴隨著「啪」的一聲，一塊碎片從「玫瑰」上迸飛出來。

「而我呢……並不討厭叔叔。」

「哦，是啊，我想也是！」

約書亞看似心情舒暢地叫道：

「妳是個好孩子啊，艾德蘭朵！擁有才能卻沒有沉溺其中！是一個為神所愛、為人所愛的少女！妳不會受限於這個工房，是人類今後真正需要的人才……！不過，正因如此，**並沒有人需要妳這個人本身！**」

響起了類似把熱油灑出去的聲音，繡在「玫瑰」上的金線逐一消失。「『彩繪』。」

即使她發出這個指令也沒有得到反應，控制雷光的功能壞掉了。

血流從她的指尖像裝飾線一樣飛出去。

勇者們是藉由魔力這個現象來控制聖劍，那是生命力的負向操作，會讓自己慢慢步向死亡，並不是外行人學得起來的絕技。「玫瑰」重現這個功能之際會消耗裝備者艾德蘭朵的一部分生命，具體來說就是把血液當作燃料。

這一點，恐怕約書亞的「臂鎧」也是一樣的。

（……叔叔。）

桌子和書架接連粉碎四散。

掛在牆上的油燈一個個被吹飛，油與火在周圍蔓延開來，迸發的雷光加劇了火勢。

這艘木船的船體為了防止進水而塗上厚厚一層油。雖然有加工過避免容易起火，但火勢依然一路延燒上去。

房間被火焰包圍了起來。

「沒錯，妳是天才，所以沒有人能站在妳身邊！」

——天才……嗎……？

光是這兩個字，就築起了多高的牆，讓她被孤立了多久？人們大概是放棄理解了，認為彼此之間無法溝通，始終把她當作不同生物來對待。

她早就習慣人們如此對待自己了。

然而，像這樣被推開的一瞬間，那種落寞的心情她還是習慣不了。

「所以……所以，我才不能讓妳背負這個使命！那個將人……弄穢、毀掉、澈底改變的使命！**妳一旦知道就會獨自走上那條路！拋下聖歌隊，獨自唱著救贖之歌直到最後！**」

「你在說什麼……」

艾德蘭朵無法理解眼前這個男人究竟在說什麼。

只不過，叔叔的表情相當猙獰，至少她看得出來這番話是發自真心。

「我一直無法告訴妳！人類和世界正在走向毀滅！所以，無論要背負什麼樣的罪孽，我也必須找到能夠捨棄人類的身分，轉化新生的途徑！我在世界樹看見了這件事，看見了這個使命——」

牆壁和天花板開始燃燒剝落。

約書亞隨意揮動胳膊，想要甩開紛紛墜落的瓦礫——但就在這一瞬間，艾德蘭朵伸出了手。她用自己的手指，用自己不斷流出的血液，碰觸了約書亞臂鎧的手腕處。

「妳——」

「『石膏蘋果刻劃時間』。」

這是設定在護身裝備「玫瑰」裡的其中一組關鍵字，原本是用來操縱遇到危機時的自動防禦功能。

但是，艾德蘭朵戴著的「玫瑰」有一半以上已然損壞，連執行這個命令的功能都不復存在。

因此，這句話讓約書亞戴著的「臂鎧」產生了反應。它吸收裝備者的血液，開始啟動自身的功能。

然而這時候有異物混了進來，亦即艾德蘭朵的血液。這是仿照聖劍製造出來的武器，成立在護符之間精妙的相互干涉上。而只能成立在精密平衡上的武器，僅僅是出現一點扭曲，就能輕易引發意料之外的作用。

「臂鎧」沒有發出任何聲響。

只是靜靜地將自己縮小，壓縮著約書亞的手臂。

「————唔呃！」

約書亞發出慘叫。

那是因為痛楚與憤怒而迸發出來的叫聲，艾德蘭朵蹙著眉當作沒聽到，就這樣雙腳一蹬，跳到了他身後。

天花板開始正式崩落。當艾德蘭朵瞇眼避掉熱浪的瞬間，只見一片模糊視野的正中央，約書亞的身影在燃燒瓦礫的另一端消失不見了。

「——我是想要愛妳的。那個大哥所選中的妳。」

她不可能聽到這樣的一句話。

應該是幻聽吧。她感覺自己聽到了那溫柔的嗓音。

「我知道喔，叔叔。」

艾德蘭朵喃喃回應著幻聽。

「可是……我只知道這些而已。我對叔叔的了解，只有這樣而已……」

†

黎拉進一步展開幾次攻擊。

像是連山都能打碎的拳擊、破壞物質結合的一擊，以及直接震碎體內五臟六腑的打擊。她從至今學過的各種攻擊手段中，依序施展可能有效的招數。

無雲的星空下，好幾個巨大的水柱立起，幾十艘船彷彿激流中的樹葉一般不斷翻騰。

但無論是哪一招，連對翠銀巨人造成一絲痛癢都沒辦法。

黎拉越過巨人，就這樣隔開距離降落在港口上。

她回過頭，從正面看著巨人——在水上悠然步行的模樣。

（任何攻擊都沒有效。或者應該說，根本碰不到它。）

讓肉塊集合體變成巨人模樣的力量，恐怕就是那種頑強性的真面目吧。說到底，這都是因為它一直在模仿「健在的露希爾」，所以不管怎樣都傷不了它，就是這樣的歪理。

黎拉感到棘手。

她並非束手無策。儘管從未使用過，但她還知道幾種滅國級的禁咒。使用那些禁咒的話，就算對手是那個「露希爾」，也應該能澈底解決掉。

問題在於，那些禁咒非常不好控制，就算是平常的她也會有點吃力。要是稍微沒控制好，不止是目標，連同周圍一切都會盡數遭到摧毀。

（……一開始就把反作用力集中到我一個人身上的話，或許可行。）

她認為這個想法還不錯。就像前陣子對付吸血鬼的詛咒那樣，這次自己所施展的禁咒也採取相同的方式來處理。

不同之處在於，即使擁有正規勇者那種誇張的容忍力，這次也可能真的會承受不住。

（應該會和目前存在體內的詛咒互相干涉，無法預測會產生什麼後果……或許會當場死亡，好一點就是全身石化，等詛咒減弱到有辦法解咒的程度也得等上幾百年吧……）

——在妳因為無可奈何而動手之前，至少先衡量一下。

——妳的身分可沒有輕賤到能夠出於一時衝動而犧牲掉自己。

她想起師父那一席話。

「是這樣沒錯啦……但眼下也只能說是無可奈何了吧。」

站在這裡的，只有她一人。

倘若正規勇者不挺身應戰，便會導致許多人陷入危機。

正規勇者永遠只有自己一人。在過度棘手、過度慘烈的戰場上，無人能伴其左右。

所以，她只能獨力奮戰。

只能獨自受傷、獨自死去。

「好寂寞的人生啊，真是的——」

「勇者大人！」

「唔噫！」

太大意了。像黎拉．亞斯普萊這樣的人物竟然沒有察覺到已經靠得如此近的氣息。

呼！呼！

熟悉的女子站在她身旁，那氣喘吁吁的模樣她也差不多看習慣了。

「席、席莉爾？」

「太好了……終於找到妳了……總覺得到處都亂成一片……真是嚇死我了……」

席莉爾將手撐在膝蓋上不斷喘著氣，並這麼說道：

「海上也……一直傳來非常驚人的聲音……妳沒事吧……話說，那是什麼……」

「呃……」

從頭說起會很冗長，但又沒辦法簡短說明。因此，她捨棄了一切過程答道：

「算是我的大前輩吧。」

「……原來如此，器量等各方面看起來是滿大的。」

席莉爾說了句玩笑話並調整呼吸，眼鏡下的眼眸眯了起來。

「和潔爾梅菲奧有關聯，又是勇者大人的前輩，這樣說來是露希爾・薩克索伊德吧？那我猜，有人試圖根據紀錄重鑄肉身之類的，結果不僅失敗還造成局面失控，對嗎？」

別人都放棄解釋了，別自己推理出真相好嗎？

「既然如此，我帶這個過來就是正確的。」

說著，席莉爾把背上的行李——被白布纏起來的巨大物體遞給黎拉。

「這東西重得要命，我明天一定會肌肉痠痛，現在就覺得好憂鬱啊。」

「……謝謝。」

黎拉接了過來，拆掉白布。

熟悉的劍身從裡面露出來。這是用四十一塊護符組合起來，再以咒力線連接構成劍身的巨劍。

極位古聖劍瑟尼歐里斯。

在人類能夠控制的聖劍中，最為強力的一把劍——

「謝謝妳，時機正好。」

黎拉再次道謝。

——目前還在淨化的過程中，各種功能都是癱瘓狀態。

——它睡得很迷糊，應該認不出妳了。

她想起艾德蘭朵說過的話。

重新握住瑟尼歐里斯的劍柄後，確實感覺不太一樣。

她輕輕揮動，發現劍身的平衡性還得到些微改善。想到那女人連不在委託範圍內的部分都一併處理妥當，讓她不禁在這種無關的事情上感到有些火大。

「……勇者大人？怎麼了嗎？」

「唔，沒事。」

艾德蘭朵真的很有能耐。

身為護符與聖劍領域的天才，對兩者的理解超乎常人想像的程度。因此，她說的那番話，的確精準地說明了現在的情況。

瑟尼歐里斯還沒有恢復成最佳狀態。

儘管將詛咒的汙染抑制到最低限度，但也為此封印了幾個原有的功能。在這種狀態下，這把劍應該無法辨識目前使用它的人是誰。

每一把古聖劍都難以捉摸，只有極少數具備資質的人才可以發揮出它的力量。而且，人類尚未查清楚那個資質具體來說是什麼……目前來說是這樣。

「那麼，我們上吧，瑟尼歐里斯。」

黎拉喚了一聲——然後將微量魔力注入瑟尼歐里斯。

劍身開始微微發出青白色的光芒。

如同以往。

彷彿一直以來未曾改變。

「席莉爾妳退後，被波及到可是很危險的。」

「不用擔心。就算妳不說，我也只打算待在安全距離替妳助威而已。」

「是喔。」

雖然這是她所期望的回答，但席莉爾講得這麼理直氣壯也讓她有點難以接受。不對，現在沒工夫管這些了。

「嘿！」

她在岸邊蹬地高高躍起，衝向不斷接近的巨人。

——它睡得很迷糊，應該認不出妳了。

（是啊，沒錯，艾德蘭朵妳是對的。現在的瑟尼歐里斯根本看不見我。）

空氣阻力毫不留情地將黎拉的瀏海往上撥。

（不過，這不成問題。畢竟在這把劍的認知中，打從一開始就沒有黎拉．亞斯普萊這個人——）

她轉了一圈調整姿勢，然後在路過的大型船桅杆上蹬了一下，轉換方向並維持高度。那艘船嚴重傾斜，但既然沒有翻船就別計較太多了吧。她只在內心說了聲：「對不起。」

（不止是潔爾梅菲奧，瑟尼歐里斯也一樣只會認一個主人。在它們的認知中只有那個唯一的主人，不會把力量借給其他人。然而，瑟尼歐里斯有例外。如果對方和那個主人非常相似，它就會誤以為是正確的使用者而發揮出力量——）

黎拉站在翠銀巨人「露希爾」的頭上。

（雖然不清楚原因，但真是謝天謝地。）

巨人慢吞吞地轉動自己的脖子看向她。它大概是察覺到情況和之前不同，出現了會威脅到自身安危的存在。

黎拉暗叫不好。

要是巨人開始認真進行迴避或防禦，自然會拉長戰鬥時間。兩個拿著古聖劍的正規勇者若是打起持久戰，會給周圍帶來巨大的危害。

一陣光芒。

彷彿超特大編織物在夜空攤開來似的，無數光紋在黎拉背後擴散。看似沒有重量與實體的光紋如同生物般扭動起來，纏繞住巨人全身。

這是咒蹟。從密度與規模來看，相當於戰略兵器——具備足以壓碎一座石塔的威力。

「席莉爾？」

黎拉就算不轉頭，也知道那個眼睛雀斑女此刻是什麼樣的表情——百無聊賴，眼神毫無波動，而且搞不好還在說「我言出必行，只會待在安全距離替妳助威」這類的話。

巨人看似煩躁地抖動一次身體，憑蠻力掙脫了光紋的束縛。

只見夜晚的漆黑海上，宛如螢火蟲的白色光片稀稀疏疏地落下。

這成為致命性的破綻。

（瑟尼歐里斯的認知中並沒有黎拉．亞斯普萊，所以無論是睡糊塗還是忘記都無所謂——只要握劍的人和最一開始的使用者，也就是原本的主人相似的話，便能順利借助到它的力量——！）

黎拉把瑟尼歐里斯當作長槍刺進了巨人的頭部。

巨劍的劍身有許多細小裂痕，從這些裂痕中溢出了微光。

極位古聖劍之一，瑟尼歐里斯。正確的使用者用它貫穿敵人後，任何對手都會強制變為「死者」。

而潔爾梅菲奧的力量是持續模仿曾經活著的人，兩者的作用完全相反。兩道力量從正面激烈碰撞，或許是因此感覺到痛楚，巨人仰望天空渾身顫抖著。沒有五官的臉發不出一絲聲音，如果它能發聲的話，應該是類似臨死前的慘叫聲吧。

「——萬一對上的是真正的前輩，可就不會這麼簡單了啊。」

瑟尼歐里斯獲勝了。

巨人，模仿遠古勇者的巨人，一聲不響地消失了。

它散成無數的團狀屍肉撒落海面。

拚盡全力而虛脫的黎拉，同樣直接掉落海面——但她實在不想這樣，於是擠出剩餘的力氣重整姿勢，降落在附近的船上。

「既然都是冒充者，我可不能輸啊。」

她在波浪之間看見某種東西在閃耀。

那是一把通透晶亮的金色大劍，也就是之前大概一直深埋在巨人體內的潔爾梅菲奧，整起騷亂的元凶。

她只能驚鴻一瞥。失去冒充使用者的那把劍，很快便沉入浪濤消失無蹤。

†

她聽見自己連連咳嗽的聲音——

愛瑪・克納雷斯迷迷糊糊地將眼睛睜開一條細縫。

意識朦朧不清，彷彿籠罩著一層霧。她完全搞不清楚自己處於怎樣的狀況中，又是如何來到這裡的。她連懷抱這些疑問的心力都沒有。

她只知道一件事。那就是絕對不會有人來救她。彷彿要把世界燒成焦土的高溫火焰、溺水般的窒息感與濃煙，在在都讓少女感到絕望。

那麼，既然已經沒救了，她便擔心起貓咪們。

儘管貓咪們都是頑強的孩子，但少了自己之後，牠們還能在那個小屋裡朝氣蓬勃地過生活嗎？有辦法自己去找獵物嗎？可以的話，她希望牠們至少能找到新的飼主，過著熱熱鬧鬧的日子。

（……奇怪……？）

有一種似曾相識的感覺。

她好像在遙遠的過去也想過同樣的事情。那是什麼時候的事呢？又是在想著誰呢？

火焰猛烈搖曳了一下。

依然模糊的視野中，她有一瞬間看見了金髮少女的側臉。

「姊……姊……？」

為什麼她會這麼想？

這是不可能的。

愛瑪的姊姊歐爾媞希亞・克納雷斯並不是金髮，而且她為了拯救病床上的妹妹（愛瑪）而賣身

當奴隸，被遙遠的某戶人家買走了，所以她們再也不會見面了。這些，都是姊姊親口告訴她的。

她明明知道這一點，內心也很清楚。

但模糊的意識作不出理性的判斷。

「姊姊……妳在這裡嗎？」

少女的側臉略為扭曲，似乎有點驚訝。

接著，她露出自虐的微笑，撇開了臉。

「不在喔。」

她喃喃這麼說道。

「咦……」

她溫柔地握住愛瑪的手。

即便置身在熊熊燃燒的火焰中，愛瑪還是能清楚感覺到手掌的溫度。

「這世上已經沒有妳的姊姊了，名字和樣貌都改變了，還樹立了很多敵人。無論發生什麼事……她都再也回不到過去了。」

這番話聽來冷淡無情，聲音卻無比溫柔又帶著一絲哭腔。

愛瑪回握住她的手。

「還有……對不起。我應該沒辦法遵守約定了。」

這句話究竟是什麼意思呢？

愛瑪的意識遠去，這次澈底中斷了。

5．伸出觸及不到的手所抓住的事物

記憶中的那艘船正在燃燒。

「……咦？」

發生什麼事了？

為什麼會變成這樣？

是有人縱火嗎？還是意外造成的？

若是前者，那麼凶手是誰？

若是後者，那麼起因究竟是什麼？

——黎拉發覺自己在糾結沒有答案的謎題。想要知道原因、試圖進行思考，這都是找藉口讓自己停下腳步，為了說服自己再往前走也毫無意義。

火勢非常劇烈。

船已經崩塌到看不出原形。

如果裡面還有人的話，絕對沒有生還的可能。

「愛瑪……艾德蘭朵……」

換句話說，黎拉不認為那兩個人有辦法靠自己逃出來。

她感到雙腳虛軟。

這種感覺她有印象。不對，說是熟悉也不為過。

即便身為「大陸最頂尖戰力」的正規勇者，也無法保護到伸手不能及之處。就算阻止災害最終擴及國家與世界，達成綜觀來說最為重要的目的，也很容易在小事上顧此失彼。只能保護重大的事物，顧不到自己想要保護的對象。

這是她習以為常的事情。

習以為常到想哭的地步。儘管如此——

「…………」

流出的眼淚落在領口上。

「——剛才那一戰真是漂亮啊，黎拉．亞斯普萊。」

耳邊傳來毫無緊張感的搭話聲。

是她沒聽過的聲音。

黎拉偷偷擦了一下眼角，慢慢轉過頭去。只見一個陌生男人站在那裡，大概三十歲左右，鬍子沒有打理，身穿寬鬆的衣服再套一件簡單的皮甲，腰間佩戴著精緻的曲劍，背上則用皮帶固定住一把用粗布包起來的大劍。

「雖然跟我一起來的同伴說不用擔心，我才沒有參戰的，但沒想到妳竟然一擊就解決掉那麼不得了的對手，真是讓我見識到了正規勇者全力應戰的精采表現啊。」

他不是這艘船的船員。那種宛如高手般毫無破綻的站姿，不太可能出現在隨便一個船員的身上。

黎拉的腦海隱約浮現一個名字，記得是——

「納維爾特里．提戈扎可……？」

「哎喲？能被妳記住名字可真是光榮啊。」

男人保持著微笑，恭敬地行了一禮。

她在帝都的教會裡見過他。他以前是冒險者，現在則是準勇者之一。在她的印象中，這個人有一種飄忽不定的氣質，感覺實在難以捉摸——不對，這不是重點。

「你……來這裡……做什麼？」

黎拉的思緒卡住了，連自己剛才懷抱著什麼心情也忘得一乾二淨，半是茫然地問道。

這裡是正規勇者的戰場，獨自應戰、取得勝利，然後度過臨終的地方。然而，為什麼這個男人會站在這裡？

「因為快到狩獵海蛇的季節了，教會就派我們來支援啊。雖然以時令來說好像還有點早，但萬一暴風雨接近可就沒船搭了。」

「我不是問這個……」

「嗯？啊，那個嗎？」

男人——納維爾特里的視線移向燃燒中的大船說道：

「妳要問我現在在這裡做什麼的話，我在等人。我的同伴差不多要把人救回來了，我想說至少來迎接一下。」

黎拉心想自己到底在說些什麼。

現在這個情況不適合閒聊，她照理說也沒那個心情。

緊張、焦躁、失落，這些情緒不可思議地逐漸從心中消失。她本來還在納悶是不是眼前這個男人做了些什麼，但看來也並非如此。比起那種事情，應該還有一個更單純、更簡單好懂的原因。

因為她知道，自己什麼都不需要擔心，並沒有發生什麼令她恐懼的事情。某種並非道理的事物，已經讓她如此認同了。

「——好了，可以睜開眼睛嘍，我們抵達安全的地方了。」

好像在哪裡聽過，不對，這是她熟悉無比的少年嗓音。

「唉呀，就說不要勉強自己說話了嘛。妳們兩個吸進不少煙吧？暫時不要亂動，專心休息吧——」

腳步聲隨著說話聲逐漸接近。

有人從設置在船側的階梯爬了上來。

對方探出頭，那張黎拉見過的臉龐從舷側瞧著船上。

然後看向了這邊。

「——唔呃。」

他發出的第一聲就是這樣。

那是一名黑髮少年。

他那矮小的身子抱著兩名少女，也就是艾德蘭朵和愛瑪。正確來說，他是用手臂抱著愛瑪，艾德蘭朵則揹在背上，而艾德蘭朵的長腿差點就要在甲板上拖行。整體看起來令人覺得像是惡劣的玩笑，有點不太真實。

「威……廉？」

黎拉一臉怔然。

同時喚出那個少年——自己師兄的名字。

「為什麼……你會在這裡？」

「這是我要問的吧？黎拉妳怎麼會在這裡啊？」

師兄撇開臉，看似有些難為情地回問著。

「我可是接到討伐海蛇的使命才來的，沒做什麼虧心事喔。妳有意見的話就去跟那些法衣禿子說。」

「我不是這個意思。」

納維爾特里在一旁竊笑。

那張表情讓人有點不爽，但沒工夫管他，現在有更重要的事。

「你受傷了？」

少年的身體到處沾滿了血汙。

「哈哈，就犯了些失誤，像是沒有躲開掉下來的橫梁啊，不得不把著火的柱子抬起來之類的。死是死不了，但很丟臉就是了。」

威廉無力地笑著，把兩名少女放到甲板上。

「……唉，可惡。妳解決了那個大塊頭，一口氣保護了非常多人，而我光是救兩個人就拚死拚活還落得這副德性。」

他就這樣手腳大張地跟著躺到甲板上。

「我這個人怎麼會弱成這樣啊？」

唉。

唉，真是的。

敬意、嫉妒……以及些許好感等。

她整理好這些翻湧而上的情感，關進內心深處的小盒子裡。

不過，小盒子已經快要裝不下了，裡面的東西隨時會湧出來。儘管如此，她還是想辦法緊緊鎖住。

「不要奢求那麼多，每個人都有適合自己發揮的舞臺。」

她擺出表情。

這是她一貫的表情。這個少年的師妹，既壞心眼又任性高傲的少女——當代正規勇者黎拉．亞斯普萊特有的惹人嫌表情。

「你呢，就保護你所能保護的對象就夠了。」

——我只能保護自己觸手能及的地方。

「至於你保護不到的，就交給我吧。」

——所以，我觸手不能及的地方，可以託付給你嗎？

「……我才不服。」

少年鬧彆扭似的把腦袋撇向了另一邊。

「啊哈哈，我就知道你會這麼說。」

這個師兄肯定會這麼說。

他肯定會對她這麼說。

並非才能橫溢，也沒有被命運選中，無法使用厲害的聖劍，因此想當然耳，他的戰鬥力遠遠及不上正規勇者。

然而，這個少年依舊沒有放棄。

縱使難看地掙扎抵抗，他還是試圖要與黎拉並肩站立。

明明不可能做到，明明看得出最後會是一場空，明明他並不是笨到連這種事都不懂，但他無法停止收手。

為什麼呢？究竟是什麼樣的想法驅使他做到這種地步？思考這一點時，黎拉只能想出一個答案。

這個少年不自量力地想要保護她——黎拉．亞斯普萊。所以，就算只能保護自己觸手能及的地方，他也拚命地伸長手到幾乎要斷掉的程度。為此，他才會尋求超越人類極限的力量。

想到這裡，她不由得——

「……我說你這個人啊。」

「嗯？」

曾幾何時說過的話語，她又要再說一次。

「真的活得很遜耶。」

「唔。」果然和過去一樣，少年倒吸一口氣，沉默了下來。

看到他的表情後，黎拉微微一笑。

X．神片精靈凱亞奈特的願望（3）

這是年代久遠的故事。
老人將心願寄託給精靈。
精靈承接了老人的心願。
——此為兩人旅途尾聲的記憶。

†

老人從淺眠中甦醒過來。
「凱亞？」
他立刻呼喚起旅伴的暱稱。正確名稱當然是「凱亞奈特」，但簡稱已經在世間流傳開來，人們都以這個簡稱來稱呼「識古者」的同伴。

沒有回應。

換作平常，祂很快就會在枕邊現身，然後問說：『你終於肯許願了嗎？』但這次連氣息都感受不到。

（——啊，是了。）

他想起昨夜的對話。

昨天晚上入睡之前，他叫祂去實現祂自己的願望，然後就晾著祂不管了。這種對待簡直是從根本上侮辱願望精靈的存在。祂應該很傻眼，也很憤怒。縱使保守估計，應該也會對他感到厭煩吧。

他們之間的關係已經結束了。

再也沒有等待許願的精靈，以及遲遲不許願的旅人了。這裡只剩下一個許完願望的孤獨老人。

因此，他從現在開始就是一個人了。

「……嘿！」

在遙遠的過去，他也曾習慣孤獨一人。當時的他還是個年輕人，一冉投入異常危險的戰鬥之中，幾乎沒有人能跟得上他。

他打算回想起當時的感覺。

不會波及到任何人，不用害怕誰會死亡，獨自一人去面對最後的戰役。

（那麼……）

他掀開毛毯坐起身來。

只要踏出洞穴一步，就是再次展開殊死戰。

赤銅龍尼爾吉涅森既結實又強韌，更重要的是，牠和他們一樣是不會死亡的存在。一般武器殺不死牠，不過，他之前說「想辦法至少戰成平手」也並非謊言。若是放棄活著回去的話，便還有一戰的餘地。

（走吧——）

他將手伸出視野外準備把行囊拉過來，卻抓到了其他東西。

「——嗯？」

那是劍柄。

「這不可能」——這個念頭在他腦海中掠過。因為他手上的武器應當都在昨夜的戰鬥中消耗殆盡了。

與此同時，他內心湧出一股莫名的肯定，認為這把劍的確應該要出現在這裡。

（不是……這怎麼可能……）

他轉過頭，確認自己抓住的東西是什麼。

而他的兩個肯定都是正確的，也都是錯誤的。

這裡不可能有劍，實際上也真的沒有。

相對地，某個類似劍的物體理所應當似的待在那裡。

「啊……？」

相較於一般儀式用、對人作戰用的長劍，這把劍明顯更大，長度將近一個人的身高。劍柄也很長，顯然是設計成雙手使用。

奇怪的是劍身構造。

所謂的劍，通常是用一整塊金屬鍛造、磨削所打造出來的。但是，這把武器不一樣，是將幾十個拳頭大小的鋼片拼接成劍的形狀，簡直像是強行組合起來的積木玩具。

『這便是吾之心願，勇敢之人（Brave），年邁賢者（Senior）啊；行走於悲傷之路、寂寥之路，依然昂首挺胸的人啊。』

聲音響起。

彷彿餘音一般逐漸遠去的細細呢喃，從某處傳了過來。

「凱亞……祢還……」

老人沒有將「祢還在這裡嗎？」這個問題問完。他察覺到了。那個願望精靈已不在任何地方。

這個聲音只是留給他的口信。

來自已經確定好的過去的餘音。

『若你希望得到旅伴，吾便期望那樣的未來。』

「……凱亞……」

老人的眼睛注意到劍身接近底部的地方鑲嵌著一塊淡色石片——藍晶石的碎片。

無論是組成劍的金屬片，還是藍晶石的蒼藍色，他都有印象。

『吾希望為你祈禱的四十一種祝福，以及你自身的一個願望，皆會陪伴你踏上今後的旅程。』

「……祢啊……祢啊……」

他早已習慣別離。

也早已習慣孤獨。

但是到頭來，這並不是別離，今後的他也不會是孤獨一人。因此，老人的視野之所以模糊，是其他原因造成的。

溫熱的東西從乾癟的眼角滾落下來。

『無法保護自己想保護的事物，無法回到自己想回去的地方。懷著願望的心靈逐漸乾涸，卻依然勇往直前的人啊；被傳為世界上最不幸的存在，但還是找到自身幸福並懷抱於心的人啊。從今以後，你的戰鬥由吾等一同支撐。沒錯——』

（……啊。）

藍晶石失去顏色，逐漸變為透明水晶片。

願望的力量達成目的後，逐漸消失無蹤。

神片精靈凱亞奈特已經不在了。祂對自己施展了那股能夠讓願望實現的力量，以自身意志作出決定，選擇自己今後的存在形態。

『這把「識古者之劍（Senior's Sword）」，便是為此而誕生——』

「——真是的。」

老人摀住眼睛，淡淡地笑了笑。

「這樣的好夥伴，給我實在是浪費啊……」

他站起身。

遠方傳來龍的咆哮聲。牠在憤怒，並且急不可耐。

「哎呀，客人等得不耐煩了。」

只要離開洞窟一步，就會被赤銅龍發現。照理說，接下來就是完全的死地，亦即無法生還的戰鬥之地。

「來了、來了，現在就過去。」

老人邁出步伐，動作就像是去散步一樣。

踏出洞窟後，強大的敵意一發現目標便轉為殺意。風靜止下來，樹木卻因為其他原因而顫動起來。

朝陽眩目，老人瞇起了眼睛。

他輕輕揮動手中的「劍」，「咻」的一聲，發出了微微的劈空聲響。

「那麼事不宜遲，把力量借給我吧，夥伴！」

†

史書沒有提到他們在那之後的旅程。

唯獨流傳到現代的那把劍——現在稱為瑟尼歐里斯，作為他們曾經存在過的證明，至今依然保存了下來。

「損壞的懷錶」
-indeterminate future-

一層又一層的布把潔爾梅菲奧包了起來。與其說它是一把劍，根本就像是新物種的繭一樣。

「其實也沒必要包成這樣啊，只要別強行啟動它，應該就不會被吞噬了吧。」

旅館的房間。

滿臉鬍碴的準勇者——納維爾特里喃喃自語著。

我負責帶這把劍回讚光教會重新封印起來——納維爾特里如此主張並接收了這把劍。埃斯特利德工房的負責人沒有異議，正規勇者也說：「我暫時還沒辦法回去教會。」於是便交給他了。

「——將人類改造成前代勇者的技術。不對，目的應該是要把人類改造成其他不同的東西吧。約書亞·埃斯特利德，這就是你所踏上的救贖之路嗎?」

自言自語。

房內沒有旁人，但他這番話像是在說給某個不在的人聽。

大概是雲出來了，窗戶外頭的陽光黯淡了下來。

「選擇這條路的罪孽不可饒恕，而你也沒想求得寬恕吧。不過，我認同將你逼至如此地步的那種深沉絕望。儘管我們走的路不同，但結局是一樣的。了解絕望、受困於絕望、向絕望獻上空虛的聖歌——」

納維爾特里靜靜闔上雙眼。

自己停止製造聲音後，更能清楚地聽到滿溢於這個世界的聲音。窗戶對面應該離大學很近，可以聽到來來往往的年輕學子們熱絡交談的聲音。比如說，作業有多刁難人、新發表的論文有多艱深、埃斯特利德工房公布的新護符似乎不錯，以及教授的掉髮速度等。

有些是未來本身，有些是會影響到未來的當前時事，有些是從過去的事情來了解未來。總而言之，全部都是關於未來的話題。

未來尚未來臨。正因如此，要怎麼說都可以。

只有不知道未來已註定、沒嘗過絕望滋味的人，才能像這樣遨遊於幻想中。

「——有朝一日在灰色沙原上相見吧，同志。」

他向不在這裡的男人致上這句話。

話語自此打住。

†

愛瑪．克納雷斯從那之後一直在沉睡。

話雖如此，她的身體並沒有大礙。醫生診斷後，認為她應該是受到精神上的打擊，過陣子就會醒，不需要擔心。

相關人員都認為這很合情合理。

對於在海邊過著平穩生活的一般市民而言，這是一次無比沉重的經驗。她應該好好休養身心，無須勉強自己——沒有人反對這個建議。

†

那麼，接下來聊聊艾德蘭朵．埃斯特利德的狀況。

受傷、虛弱，再加上失去家人的打擊，讓她完全失去了精神。她被關在病房裡，每天都在病床上眺望天花板。

當然，瑟尼歐里斯的淨化作業就這樣中斷了。

如此一來，黎拉便不能離開巴傑菲德爾。眼見暫住這裡的期間可能會比原本預估的還要長，席莉爾便重重地嘆著氣。

「義父（爸爸）雖然是個完美的壞人，但叔叔並不是。他基本上很善良，不太強勢，是個老實人。所以，如果要求他承擔埃斯特利德的骯髒差事，那麼他就會想辦法善盡自己的職責，一定是這樣……」

艾德蘭朵輕聲說到這裡後，無力地搖了搖頭。

「對了，我好想要有個弟弟喔。」

「話題也轉得太突然了吧。」

來探病的黎拉嘆了口氣。

「我可是以為妳要講嚴肅的身世話題，才配合氣氛安靜聽妳說的耶。妳腦子裡到底是怎麼把這兩件事連結在一起的啊？」

「嗯，雖然自己這麼說很奇怪，但我也覺得沒什麼脈絡可循。不過我還是要辯解一下，並不是完全沒有關聯喔。」

「就說了我不懂妳的意思啦！」

病房裡不得大聲喧譁。受制於這樣的常識，黎拉只能小聲喊道。

「不知該說是弟弟還是弟子，總之我想教威廉一些東西，而這並不是為了感謝他救我的回禮。」

不意外，她想也是，果然跟那傢伙有關。她早就知道了。

那是個毫無才能的男人，無法用自己的創意和研究來開拓技術領域，卻又沒辦法放棄往前衝。因此，他會徑直追著那些走在前頭的人們直到天涯海角。

從旁人的角度來看，他這樣的行為非常危險。

擁有某些技術並賴以維生的人們，一見到他就會想叨唸個幾句。

「……妳這個技術員能教準勇者什麼啊？」

「聖劍的調整技術，而且是一般技術員做不到的應用篇。」

「那是怎樣？」

「他說他在帝都的工房學過基礎，但好像還沒學到類似在工房外進行調整的祕招。雖然最終還是得看本人的毅力和專注力，但如果他願意學到那個程度的話，我也可以從旁指點幾句。」

「那是怎樣？」

「就是可以自己將聖劍——」

「我沒問這個，我問的是為什麼妳要教他那種東西，那應該算是企業機密吧？妳為什麼要教給一個等於剛認識的對象啊？」

「——可能是因為我剛經歷過失敗吧。」

艾德蘭朵不知為何彷彿看著遠方般，又一次說著黎拉聽不懂的話。

「我的叔叔已經不在我身邊了，所以我希望他能好好地陪在某個人身邊，希望他至少要有陪伴某人的理由和手段，就是這種雞婆的心態。」

「妳啊。」

「所以妳不用擔心，我是不會搶走妳心愛的師兄的。」

「妳啊！」

黎拉這次不小心大喊出來了。她隨即想起這裡是病房，連忙摀住自己的嘴巴。

艾德蘭朵「啊哈哈哈」地開心笑著。

大概是牽動到傷口，身上開始滲出急汗，但她的笑聲還是沒有停下。

離那間病房稍有一段距離的旅館房間。

丟著沒整理的行李堆得像小山一樣高。在那其中一隅——

也許是受到從微啟的窗戶吹進的微風所影響——有著黑髮少年樣貌的人偶傾斜著腦袋，好似有什麼事情讓它感到很無言。

後記

邁向末日的世界、理應已結束自身故事的青年前勇者，以及為了對抗末日而試圖自我了斷的少女們。

在未來一詞理應只剩空殼的這個地方，人們依然拚命地活在當下，努力地朝著明日伸出手——

大概是用這樣的感覺為各位獻上《末日時在做什麼？有沒有空？可以來拯救嗎？》系列全五集與外傳一集，以及《末日時在做什麼？能不能再見一面？》系列目前七集與後續集數，由角川Sneaker文庫好評發售中！

——這次的書名有附上「異傳」，應該很少人是在完全沒接觸過前作的情況下翻閱本書，但保險起見還是在開頭就全力打書宣傳了。

真是讓大家久等了，我是枯野瑛。在上述系列進行當中，為各位獻上許多讀者一直反映想看的（我自己也想找機會寫），以黎拉．亞斯普萊作為主角的故事。

本書描述的是從沒在戰鬥中吃過苦頭的超強主角時而大展身手、時而一籌莫展的故事。我沒騙人。

黎拉已經在ＥＸ中當過一次主角。不過，那畢竟只是外傳，是以正篇為前提所衍生的故事。

這本書則稍微改變了旨趣，拉到比ＥＸ更早一點的時代……將她十三歲時的故事從正篇中獨立出來作為一個新的系列。所以不是冠上「外傳」而是「異傳」，也沒有沿用至今兩個系列的「末日時在做什麼？～？」這樣的書名形式。

關於這本書的後續情節，那個沉睡的孩子會怎麼樣？「勇者一行人」究竟是怎麼湊在一起的？黎拉與星神一戰之後發生了什麼事？正篇沒有提到的這些故事，我希望總有一天能補上去。

……是的，並沒有這方面的計畫，我只是覺得能補上去就好了。

總不能把心力都放在這邊而疏忽了正篇，所以這部分目前還沒有規劃。全都怪我的寫作速度太慢了，對不起。

因此，下一本預計是《能不能再見一面？》的第八集（註：此指日本販售的時間）。我正一邊向星星祈禱別讓各位讀者等太久，一邊努力趕稿中。一定沒問題的，絕對沒問題。

那麼，但願我們能再次在那片令人懷念的天空之下相見。

二〇一九年　春　　　　　　　　　　　　　　　　枯野瑛

（啊，ＥＸ後記稍微提到的「光是讓擬人化的瑟尼歐里斯喝酒發著牢騷的單元」，這次也棄置不用了，真是可喜可賀。畢竟這次寫的是那樣的故事，感覺被毫不留情地拖得很長呢！這也是沒辦法的嘛！）

國家圖書館出版品預行編目資料

末日時在做什麼？異傳 ： 黎拉・亞斯普萊 / 枯野瑛作 ; Linca 譯 . -- 初版 . -- 臺北市 : 臺灣角川 , 2020.09-

冊 ; 公分

譯自 :終末なにしてますか？異伝 : リーリァ・アスプレイ

ISBN 978-957-743-969-7(第 1 冊 : 平裝)

861.57 109010211

Kadokawa Fantastic Novels

末日時在做什麼？異傳 黎拉・亞斯普萊 1

（原著名：終末なにしてますか？異伝　リーリァ・アスプレイ）

2020年9月21日　初版第1刷發行
2023年6月30日　初版第3刷發行

作　者：枯野瑛
插　畫：ue
譯　者：Linca

發行人：岩崎剛人
總編輯：蔡佩芬
編　輯：彭曉凡
美術設計：李思穎
印　務：李明修（主任）、張加恩（主任）、張凱棋

發行所：台灣角川股份有限公司
地　址：104台北市中山區松江路223號3樓
電　話：（02）2515-3000
傳　真：（02）2515-0033
網　址：www.kadokawa.com.tw
劃撥帳戶：台灣角川股份有限公司
劃撥帳號：19487412
法律顧問：有澤法律事務所
製　版：巨茂科技印刷有限公司
ISBN：978-957-743-969-7